Nachdem er sich in seinem dritten Buch ausgiebig mit der Frage nach dem *ordentlichen Mann* beschäftigt hat, wendet sich der Autor nun unmittelbar an die holde Weiblichkeit.

Sein neues Werk, das vierte Buch mit satirischen Geschichten, das den wegweisenden Titel *Nur für Frauen* trägt, soll jedoch nicht nur dem sogenannten schwachen Geschlecht vorbehalten sein; auch *Mann* sei ein Blick in dieses Buch gegönnt, damit er sich später mit *Frau* trefflich darüber amüsieren oder streiten möge.

Raniero Spahn, Jahrgang 1946, lebt in Duisburg. Der vorliegende Band ist das vierte Werk des Autors. Ein weiterer Band ist in Vorbereitung.

Raniero Spahn
Nur für Frauen
Satirische Erzählungen

Juni 2008
Alle Rechte liegen beim Autoren.
Herstellung und Verlag:
Books on Demand GmbH, Norderstedt
ISBN 978-3-8334-7729-4
Umschlagbild: © time2share / photocase.com 2008

Inhalt

Sorgenfalten

Ungläubig starrte Jürgen Beumer auf den Fernsehschirm. Was er da im Videotext las, fand er so ungeheuerlich, dermaßen skandalös, dass es ihm glatt die Sprache verschlug. ›Nun gut‹, sagte er sich, ›man war ja schon so einiges gewohnt, bei diesen Texten der kommerziellen Sender, die im Gegensatz zu den Öffentlich Rechtlichen doch verbal immer wieder ausrutschten und hierin stark dem gedruckten Boulevard nacheiferten, aber musste das sein, eine Meldung in dieser Form?‹

Es war schon spät abends, und Jürgen freute sich, nachdem seine Frau Ingrid bereits ermüdet das Nachtlager aufgesucht hatte, auf den nächtlichen Horrorfilm, der in zehn Minuten beginnen würde. Um sich die Zeit bis dahin zu vertreiben, schaltete er den Videotext des privaten Senders ein und wäre fast vom Stuhl gefallen. Unter der Überschrift ›*Sorgenfalten beim Orgasmus*‹ wurden Ratschläge erteilt, wie der interessierte Zuschauer diese störenden Falten beim Geschlechtsakt vertreiben oder gar nicht erst aufkommen lassen könne. Diese Sorgenfalten, so die Meldung weiter, wären bisher ausschließlich beim weiblichen Geschlecht aufgetreten und folgerichtig schlug der Sender den Herren der Schöpfung ernsthaft vor, ihren Partnerinnen den Kopf frei zu halten, von den Alltagssorgen, für den Höhepunkt, indem sie beispielsweise vor dem Akt gründlich die Wohnung saugen oder andere selten ausgeübte häusliche Tätigkeiten verrichten sollten.

Jürgen Beumer war mit seiner Ingrid seit mehr als dreißig Jahren verheiratet, in einer mehr oder weniger harmonischen Ehe, die Kinder waren längst schon erwachsen und hatten das Haus verlassen. Obwohl beide ihren Ehepflichten in den letzten Jahren nicht mehr so häufig nachkamen wie früher, war Jürgen sich absolut sicher, nicht eine einzige Sorgenfalte auf den Gesichtszügen seiner besseren Hälfte bemerkt zu haben, von Beginn an, bei Ausübung dieser wichtigen Aktionen, unabhängig davon, ob er vorher die ganze Wohnung gesaugt hatte oder nicht.

»So ein Quatsch«, lachte er amüsiert und blendete den Videotext aus, da in einer Minute der Horrorschinken beginnen sollte.

Dieser begann in der Tat pünktlich und Jürgen lehnte sich entspannt in seinem Sessel zurück. Je mehr jedoch der äußere Horror auf dem Monitor zunahm, stieg in seinem Inneren ein ganz anderer Horror auf, der sich bald zur Panik steigerte, derart, dass er dem Horror auf der Mattscheibe nicht mehr folgen konnte und verärgert den Fernseher ausschaltete.

›Und wenn da doch etwas dran ist, an der Meldung‹, dachte er, ›auch wenn das Ganze blödsinnig klingt, ein Körnchen Wahrheit ist vielleicht doch dran.‹

Er war sich jetzt nicht mehr so sicher, ob ihm nicht ab und an ein Sorgenfältchen auf Ingrids Gesicht entgangen war, beim Schäferstündchen, weil er nicht genau hingeguckt hatte. ›Auf der anderen Seite‹, dachte er, ›auch wenn ich tatsächlich nicht so darauf geachtet habe, war es denn nicht auch so, dass viele Frauen ihren Partnern den Orgasmus vortäuschen, wie soll man da an Sorgenfalten denken?‹

›Um Gottes Willen‹, schoss es ihm durch den Kopf, ›und wenn sie mich auf diese Art betrogen hat, von Anbeginn unserer Ehe, oder gar vorher schon! Wie kann ich da absolut sicher sein? Vielleicht hätte ich früher doch öfter mal die Wohnung saugen sollen.‹

Schweißgebadet suchte Jürgen das Bad auf und nahm eine Dusche, etwas, was er in seiner ganzen langjährigen Ehe um diese Uhrzeit noch nie getan hatte, selbst nach dem stärksten Fernsehhorror nicht. Als er die Schlafzimmertür öffnete, fiel ein Lichtstrahl auf die entspannten, sorgenfaltenfreien Gesichtszüge seiner Frau.

›Kein Wunder‹, sagte er sich, ›sie hat ja jetzt auch keinen Sex‹ und erschrak über seine eigenen Gedanken.

Lange Zeit noch blieb Jürgen wach, in dieser Nacht, er konnte einfach nicht einschlafen und wälzte sich hin und her, im Bett. Schließlich aber übermannte ihn doch noch der Schlaf, aber wenn er geahnt hätte, was da auf ihn zukommen würde, wäre er sicher lieber wach geblieben.

Er träumte, er befände sich auf Hochzeitsreise, mit seiner Ingrid, in einem wunderschönen romantischen Ort im Süden Italiens. Sie bewohnten eine fürstliche Suite in einem Fünfsternehotel, mit einem Traumblick aufs offene Meer.

Die Tage waren angenehm und voller Harmonie, doch jedes Mal, wenn es auf die Nacht zuging, setzte der blanke Horror ein. Nachdem seine Frau im durchsichtigen Neglige das geräumige Bett aufgesucht hatte, rief sie, als er voller Wohlbehagen und Vorfreude zu ihr schlüpfen wollte, mit zärtlicher Stimme.

»Erst die Arbeit, dann das Vergnügen!«

Mit Entsetzen bemerkte Jürgen, dass er auf einmal, wer weiß wo her, einen Staubsauger in der Hand hatte.

Das Entsetzen steigerte sich ins Unermessliche, als er feststellte, dass er, ohne dagegen ankämpfen zu können, das Gerät einschaltete und zu saugen begann; zuerst seine Fürstensuite, anschließend die anderen Hotelzimmer, in denen Menschen mit tiefen Atemzügen schliefen oder einer anderen Beschäftigung nachgingen, und schließlich die restlichen Räume des Luxushotels mitsamt allen Außenanlagen.

Als er endlich fertig war, mit der Arbeit vor dem Vergnügen, wie seine Frau sich ausgedrückt hatte, wurde es draußen schon hell, und er flog, wahnsinnig vor Verlangen, regelrecht die Treppe hinauf, auf der ihm seine bessere Hälfte bereits entgegenkam, fertig angezogen.

»Schatz, Frühstück!«

Jürgen erwachte, wiederum schweißgebadet, draußen war es genauso hell wie in seinem Alptraum.

Er hörte Ingrid in der Küche hantieren, und es roch nach Kaffee.

»Du hast aber unruhig geschlafen, Schatz«, bemerkte seine bessere Hälfte, als Jürgen nach der Morgentoilette am Frühstückstisch Platz nahm, und strich ihm über die Wangen, »hattest du einen bösen Traum?«

»Nein, nein«, log Jürgen, »alles in Ordnung.«

Sollte er ihr etwa sagen, dass er in der Hochzeitsnacht ein ganzes Hotel gesaugt hatte? Lieber nicht. Verstohlen blickte er zu ihr hinüber; zeichnete sich da nicht bereits eine Falte auf ihrem Gesicht ab, die sich beim abendlichen Tete a Tete ins Unermessliche steigern würde. Nein, das würde er nicht zulassen, er würde handeln. Aber wie?

Den ganzen Tag über ließ ihn auf seiner Arbeitsstelle der Gedanke an Ingrids eventuelle Sorgefalten nicht mehr los.

Als er am Nachmittag zu Hause ankam, war die Wohnung leer. Sie wird einkaufen gegangen sein, dachte Jürgen und handelte blitzschnell. Er riss den Staubsauger geradezu aus dem Abstellschrank und begann zu saugen, was das Zeug hält. Als seine Frau vom Einkauf zurückkehrte, war er gerade fertig und stellte den Sauger zurück.

Sie glaubte nicht, was sie sah.

»Was ist denn mit dir los, hast du einen Frühjahrskoller?«

»Aber warum denn Schatz, so ein bisschen Hausarbeit tut mir geradezu gut, bei meiner überwiegend sitzenden Tätigkeit.«

Voller Verwunderung, aber auch gerührt nahm Ingrid ihren Mann in den Arm und bot ihm noch vor dem Abendessen eine Tätigkeit an, die sie spontan zusammen im Liegen ausführten. Während der gesamten Aktion ließ Jürgen das Gesicht seiner Frau, soweit das möglich war, nicht aus den Augen. Nicht eine Sorgenfalte, freute er sich, im Gegenteil, ihm schien es, als sei sie durch die unerwartete Freude noch schöner geworden.

Am nächsten Nachmittag nahm Jürgen sich, obwohl es regnete, alle Fenster vor, eins nach dem anderen. Ingrid wunderte sich zwar, ließ ihn aber gewähren und belohnte ihn, wie er es vorausgesehen hatte, auf die gleiche Weise wie am Tag zuvor. Am dritten Tag hatte es Jürgen mit dem Geschirr, das musste doch wirklich einmal von Hand durchgespült werden, nach alter Väter Sitte, und an den folgenden Werktagen wurde Jürgen nicht müde, mit der Hausarbeit, bis er die ganze Bude einmal durch hatte und von vorne beginnen konnte.

Dieser Zustand hält nun schon zur Freude beider Ehepartner eine Weile an, und Jürgen ist der festen Überzeugung, dass sich bei seiner Ingrid selbst mit neunundneunzig Jahren noch keine Sorgenfalten zeigen werden. Dafür treten allerdings bei ihm immer mehr von diesen Falten zutage, weil er beim Sex dauernd an den Haushalt denkt…und Horrorfilme vermisst er auch ein wenig.

Ein Bett in der Höhe

»Schau mal, Schatz, ist das nicht ein Traum?« schwärmte Ute, »Stell dir vor, wir beide da oben drin, phantastisch.«

Ute und ihr Freund Peter, ein verliebtes junges Paar, befanden sich in einem Einrichtungshaus und bestaunten ein sogenanntes Hochbett, ein spezielles Raumsparbett für kleinere Zimmer. Das Bett wurde in zwei Varianten angeboten, in einer Breite von neunzig Zentimetern für Singles und in Einmetervierzig Breite als Doppelbett.

Ute und Peter betrachteten die Doppelbettversion, deren Liegefläche sich in einer Höhe von ein Meter achtzig Höhe über dem Fußboden befand.

»Guck mal, Peter, ich passe noch darunter, du aber nicht, da hast du Pech gehabt, warum bist du auch so lang? Musst halt den Kopf einziehen.«

Peter zog den Kopf ein und nahm das gesamte Bett von unten prüfend in Augenschein.

»Solide Konstruktion«, befand er schließlich, »da brauchen wir keine Angst zu haben, Ute, da können wir unbesorgt Kinder zeugen, da oben drin, in dem Bett.«

»Woran du zuerst denkst«, gab Ute zurück.

In der Tat erweckte die tragende Konstruktion des Hochbettes einen stabilen Eindruck, und Peter machte sich daran, die Liegefläche über eine angeschraubte Metalleiter zu erklimmen.

»Doch nicht hier, im Geschäft, vor allen Leuten«, sprach Ute mit leiser Stimme.

»Warum nicht, Schatz«, rief Peter von oben herab und wälzte sich hin und her, dass die Matratzenfedern knirschten und die Unterkonstruktion ein wenig schwankte, »man darf doch wohl noch zur Probe liegen, bevor man so ein gutes Stück kauft. Komm hoch Schatz, das Bett ist doch für Zwei gemacht!«

Ute lehnte energisch ab und bekam einen roten Kopf.

»Ich brauch' nicht Probe zu liegen, ich kann mir auch von hier unten ein Bild davon machen.«

»Wie du willst, Ute, aber beschwer dich bitte nicht hinterher, dass dir etwas nicht passt. Also, von mir aus können wir es nehmen.«

»Nein, nein, Peter, mir gefällt das Bett, so wie es da steht. Also, von mir aus auch, lass uns das Bett kaufen. Aber sag' einmal, kriegen wir das denn auch richtig zusammengebaut?«

»Aber ja doch, Ute, du wirst staunen, du kennst meine handwerklichen Qualitäten noch nicht.«

Diese sollte sie alsbald kennenlernen, die handwerklichen Qualitäten ihres Lebensgefährten.

Das Hochbett hatte nämlich einen Vor-, aber auch einen Nachteil. Der Vorteil bestand darin, dass es keine Lieferzeit gab, man konnte es gleich mitnehmen; der Nachteil: man musste es daheim selbst zusammenbauen. Auf Utes vorsichtige Nachfrage über den Schwierigkeitsgrad dieser handwerklichen Übung lachte der Verkäufer des Möbelhauses nur.

»Dieses Bett zusammenzubauen ist dermaßen einfach, glauben Sie mir, das brächte selbst meine Großmutter, sie ist dreiundneunzig, fertig, wenn sie nicht ihren Rheumatismus hätte; nein, da brauchen Sie keine Angst zu haben, dieses Bett kriegt selbst ein Buchhalter fertig.«

Nun war es an Peter, einen roten Kopf zu bekommen; er war von Beruf Buchhalter, Hauptbuchhalter sogar, doch was hatte das mit seinen unbestrittenen handwerklichen Fertigkeiten zu tun? Immer diese Buchhalterwitze, dachte er verdrießlich. Ute freute sich ein wenig über Peters Gesichtsfärbung, während der Verkäufer fortfuhr: »Außerdem bekommen Sie von uns eine exakte Bedienungsanleitung mit auf den Weg, darin ist Schritt für Schritt aufgezeichnet und bildlich dargestellt, sodass dies sogar ein...«

»...Buchhalter versteht«, ergänzte Peter mit grimmiger Miene, »wir nehmen das Bett.«

Daheim angekommen transportierten Ute und Peter das Hochbett, welches als solches noch nicht direkt zu erkennen war und aus lauter Paketen verschiedener Größe bestand, direkt ins Schlafzimmer. Hier breiteten sie all diese Pakete auf dem Fußboden aus, öffneten sie und machten sich daran, die Bedienungsanleitung zu studieren, die nach Aussage des freundlichen Verkäufers dessen dreiundneunzigjährige Großmutter sozusagen im Schlaf beherrschte. In der Tat war in dieser Anleitung jeder einzelne Arbeitgang exakt beschrieben und zur Veranschaulichung mit schönen Bildern eines jungen Mannes nebst einem bildhübschen Mädchen untermalt, vom ersten bis zum letzten Schritt, wobei dieser letzte Arbeitsgang der Illustration nach eigentlich nicht mehr als solcher zu bezeichnen war, denn das Abschlussbild zeigte ein glückstrahlendes Paar nach vollbrachter Tat, auf dem fertigen Bett ausgestreckt, das Anstalten zu Handlungen zu machen schien, die mit dem Aufbau des Hochbettes nun absolut nichts mehr zu tun hatten

»Oh, Peter«, seufzte Ute und betrachtete das Bild, »wenn wir schon einmal soweit wären...«

»Erst die Arbeit, dann das Vergnügen«, lachte Peter, »los, fass mal mit an!«

Der Aufbau des Hochbettes gestaltete sich anfangs tatsächlich nicht sehr kompliziert und bereitete Ute und Peter ein gewisses Vergnügen, solange, ja, solange die Teile auf dem Boden zusammengeschraubt wurden. Darüber hinaus war nach den Illustrationen eines jeden einzelnen Arbeitsschrittes eine kleine Pause symbolhaft eingefügt, in welcher sich das Paar laut Abbildung küssen durfte, wovon Ute und Peter natürlich ausgiebig Gebrauch machten. Während all dieser Tätigkeiten herrschte zwischen den beiden eine mehr als zärtliche Ausdrucksweise, in die sogar die Werkzeuge einbezogen wurden:

»Liebes, reich mir doch einmal den zuckersüßen Schraubenschlüssel.«

»Sofort, Schätzchen, soll ich dir dazu noch das niedliche Hämmerchen darbieten?«

Nachdem jedoch die ersten Teile der Unterkonstruktion montiert waren und es aus Platzgründen unumgänglich wurde, das Teilgestell aufzurichten und im Stehen weiter zusammenzuschrauben, änderte sich abrupt das Verhalten und der Tonfall zwischen den beiden Turteltäubchen.

Nun hieß es plötzlich:

»Verflucht noch mal, warum hält das denn hier nicht, warum geht denn die blöde Schraube nicht ins Loch, was hast du dir da bloß für ein Bett andrehen lassen, Ute?«

»Ich? Also da hört sich ja wohl alles auf, Männe. Wer wollte denn unbedingt das Ding haben, wer hat denn sogar schon zur Probe drin gelegen?«

»Red keinen Quatsch, gib mir mal den Hammer, du dumme Pute!«

»Ich schmeiß ihn dir gleich an den Kopf, du Blödmann!«

»Das wagst du nicht, du, du…«

Obgleich Ute und Peter noch nicht verheiratet waren, erlebten sie nun genau das, was man landläufig einen handfesten Ehekrach nennt, und bevor sie auch nur einen einzigen Schritt weiterkamen, mit dem Aufbau des Bettes, waren sie weiter als je davon entfernt, in den heiligen Stand der Ehe zu treten; stattdessen lösten beide, die Frau unter Tränen und der Mann weiß vor Zorn, das einstmals gegebene Eheversprechen kurzerhand auf.

»Morgen gehe ich zu einem Anwalt, du Scheusal«, schluchzte Ute, stürzte aus dem Schlafzimmer und verbarrikadierte sich im Bad.

»Was willst du denn mit einem Anwalt?« schrie Peter ihr hinterher. »Wir sind doch noch gar nicht verheiratet.«

»Dazu wird es gar nicht erst kommen«, klang es zurück.

»Das glaube ich auch«, entgegnete Peter und stürzte aus der Wohnung, um im nächsten Bordell Zuflucht zu suchen.

Zwei Tage lang hielt er sich der gemeinsam genutzten Wohnung fern, was eine gewisse Unruhe bei Ute auslöste, doch am dritten Tag ließ er sich wieder blicken, aber er war nicht allein, sondern hatte seinen Anwalt mitgebracht.

»Was soll der denn hier?« wollte Ute wissen, verärgert und gleichzeitig verblüfft.

»Herr Doktor Gutkappe ist mein Rechtsbeistand«, klärte Peter seine Lebensgefährtin auf, »und in dieser Funktion soll er den weiteren Aufbau unseres Hochbettes überwachen sprich anwaltlich begleiten und dafür Sorge tragen, dass es nicht zu weiteren Zerwürfnissen durch Verbalinjurien zwischen uns kommt. Schließlich ziehen wir doch an *einem* Strang und haben uns doch einmal geliebt.«

»So nicht, mein Lieber, wie du mir, so ich dir«, erwiderte Ute kühl und schaltete auf der Stelle ihren eigenen Anwalt ein, „damit die Parität gewahrt bliebe", wie sie es formulierte.

So nahm denn der weitere Aufbau des Hochbettes auf eine etwas eigentümliche Art und Weise seinen Lauf: unter anwaltlicher Aufsicht und latenter Option einstweiliger Verfügungen, ein absolutes Novum in der Rechtsgeschichte. Es zeigte sich aber, dass dieser Schachzug von Ute und Peter gar nicht so abwegig war, wie er zuerst schien, denn die beiden Anwälte hatten, nachdem sie in ihre Roben geschlüpft waren – wenn schon, denn schon - alle Hände voll zu tun, im wahrsten Sinn des Wortes, wo doch jede zusätzliche Hand, je weiter es mit dem Bett in die Höhe ging, willkommen war.

Darüber hinaus herrschte nun eine ganz andere Atmosphäre als zuvor; nicht so zärtlich wie in der ersten Phase aber auch nicht so emotional überladen wie in der zweiten. Stattdessen ging es sachlich, kühl und distanziert zuwege, wie vor Gericht, wobei sich vor allem die beiden Rechtsvertreter bemühten, äußerste Höflichkeit walten zu lassen:

»Herr Kollege, würden Sie so liebenswürdig sein, mir die glänzende Metallstange zu halten?«

»Aber natürlich, Herr Doktor, wie lange darf ich sie denn halten?«

Auf diese Weise gelang es Ute und Peter, mit Hilfe ihrer Rechtsbeistände die komplette Unterkonstruktion ohne weitere Zwischenfälle fertig zu stellen. Nun konnte man befreit in die Höhe schauen und an die Montage des eigentlichen Kerns des Gesamten, des Hochbettes selbst, herangehen.

Beherzt schritten sie zur Tat, alle vier, doch sei es, dass es an der räumlichen Enge lag, in der vier erwachsene Personen mit langen Stangen umherfuchtelten, oder sei es, dass die Hände zweier Rechtsanwälte, eines Buchhalters und einer Sekretärin nun letztendlich doch nicht dafür geeignet waren, den schwierigsten Part des Hochbetts zu vollenden, der weitere Aufbau schließlich endete in einer mittleren Katastrophe.

Während Ute und Peter sich dieses Mal bemühten, einen kühlen Kopf zu bewahren und sachlich zu bleiben, gerieten ausgerechnet die als besonnen geltenden Anwälte selbst aneinander, zuerst verbal, dann in handgreiflicher Form. So blieb dem jungen, inzwischen wieder verliebten Paar schließlich nichts anderes übrig, als zwei Krankenwagen zu bestellen, denn in einem gemeinsamen, das verbaten sich die beiden Anwälte, wollten sie nicht ins Krankenhaus gebracht werden. Nachdem die Rechtsbeistände abtransportiert worden waren, schauten sich Ute und Peter lange in die Augen.

»Sollen wir, Schatz?« fragte Ute.

»Wir müssen, Schätzchen«, antwortete Peter und griff zum Telefonhörer.

Er wählte die Nummer des Einrichtungshauses, ließ sich mit dem Handwerkerservice mit dem sinnigen Namen Aufbauhilfe – den gab es dort auch, natürlich gegen Extrazahlung – verbinden, und bereits ein paar Stunden später lag er mit seiner Ute im fix und fertig montierten Hochbett und dachte nicht mehr an die Strapazen der vergangenen Tage, da er mit seinen Gedanken – und nicht nur mit diesen – schon ganz woanders war.

Nicht korrekt

»Na, Erwin, mein Schatz, wie hat sie dir gefallen, die Oper?« war Erika Stufer neugierig auf die Reaktion ihres Mannes, als sie gemeinsam das Opernhaus verließen.

Eine unendlich lange Zeitspanne hatte sie gebraucht und viel an Überredungskunst aufbieten müssen, um ihren Erwin endlich einmal in einen Musentempel zu schleppen, zu einem Opernbesuch, zum ersten Mal in ihrer nun doch schon recht lang anhaltenden Ehe.

Stets hatte er abgeblockt, Ausreden gesucht und gefunden, in der Art wie „er sei noch nicht reif für die Oper, er sei eher der Mann fürs einfach Gestrickte, was die Musik angehe und habe aus diesem Grunde noch nicht den richtigen Zugang gefunden, daher würde er sich dort bestimmt zu Tode langweilen.«

Mit Bedacht war Erika deshalb im Vorfeld an die Auswahl des richtigen Stückes für ihren Ehemann gegangen, denn hiervon hing im Prinzip alles ab; gefiel ihm *diese erste Oper* nicht auf Anhieb, dann konnte sie weitere gemeinsame Opernbesuche in den Wind schreiben, das wär's dann gewesen, für alle Zeiten.

Lange Zeit schwankte sie bei ihrer Entscheidung zwischen der *Zauberflöte*, einer Oper, welche nach Meinung der Fachleute *das* geeignete Stück sei, selbst den hartnäckigsten Opernmuffel gefügig zu machen und Verdis *Rigoletto*, dem Werk, das ihrer Meinung nach zwar einiges mehr an Vorkenntnissen erfordere, dafür jedoch auch einiges mehr an innerer Spannung aufweise als Mozarts Romantikepos.

Letztendlich entschied sie sich für *Rigoletto*, denn Spannung war für Erika das Ausschlaggebende, spannend musste sie schon sein, die Oper, sie kannte ja ihren Erwin, und daher musste bei seinem Premierenbesuch alles aufgeboten werden, was ihn vom eventuellen Einschlafen während des Stückes abhielte.

Nachdem sie ihre Entscheidung getroffen hatte, machte sich Erika daran, ihrem Mann den Handlungsverlauf des *Rigoletto* schmackhaft zu machen und auseinanderzusetzen, wobei sie hierfür geschickt den richtigen Zeitpunkt auswählte, denn dieser durfte nicht zu früh, aber auch nicht zu spät angesetzt werden.

Zu früh konnte nämlich bedeuten, dass Erwin bis zum bevorstehenden Ereignis alles wieder vergessen hatte und er sie dann während des Stückes mit Fragen löcherte,

– welche Blamage – und zu spät wiederum konnte den Nachteil haben, dass er bis zum Beginn des Besuches die Handlung noch nicht komplett kapiert hätte, was ebenfalls bohrende Fragen nach sich zöge, bei laufender Aufführung.

Erika fand den goldenen Mittelweg.

Ungefähr vierzehn Tage vor dem Opernbesuch begann sie damit, ihrem Erwin allabendlich vor dem Schlafengehen Detail für Detail die einzelnen Handlungsstränge einzubläuen und zu einem Ganzen zusammenzufügen, wie ein leibhaftiger Opernführer.

Den gleichen Aufwand, den sie für die Didaktik der Opernhandlung betrieb, setzte sie darüber hinaus in Bezug auf die Musikalität des Werkes ein, indem sie ihrem Mann jeden Abend eine Arie aus der Oper zu Gehör brachte, in allen erforderlichen weiblichen wie auch männlichen Stimmlagen, damit er sich in gebührender Form auf die Originalmusik einstellen möge.

Auf diese Weise wurde er denn fleißig einstudiert, der *Rigoletto*, so intensiv, dass darüber fast die ehelichen Pflichten der Beiden zu kurz gekommen wären.

Der Opernabend wurde ein voller Erfolg, was sowohl die künstlerischen Leistungen auf der Bühne und im Orchestergraben betraf, denn es gab viele Vorhänge und nicht enden wollende Bravorufe, wie auch das Genussempfinden Erwin Stufers, was seine Frau unter anderem auch auf ihre eigenen eifrigen Bemühungen im Vorfeld bezog. Sie hatte, nur um zu erleben, wie ihr Mann die Oper ›erlebte‹, ihren Erwin während der gesamten Aufführung keinen Moment aus den Augen gelassen und hierbei die Handlung optisch versäumt, was ihr jedoch nichts ausmachte, da sie diese ja zur Genüge kannte. Keinen Augenblick hatte ihr Gatte zu ihrer namenlosen Freude die Augen vom Bühnengeschehen abgewandt, allzu ergriffen und durchdrungen schien er doch von seiner ersten Live-Oper zu sein. Als sie ihn später beim Hinausgehen darauf ansprach, wie ihm der Abend gefallen habe, antwortete er eher ausweichend.

»Na, ja, Schatz, nicht schlecht, aber meiner Meinung nach müsste die Oper komplett neu geschrieben oder zumindest in Teilen abgeändert werden.«

Erika glaubte, nicht richtig gehört zu haben.

»Wie bitte? Neu geschrieben werden? In Teilen abgeändert werden? Mensch, das ist eine Verdioper!«

»Verdi hin, Verdi her, das tut nichts zur Sache, Erika, vor Gericht hätte die Handlung in einzelnen Bezügen keinen Bestand.«

»Vor Gericht keinen Bestand? Bist du von Sinnen, Erwin? Es handelt sich um eine Oper, nicht um einen Prozess!«

»Gleichwohl, mein Schatz, da war eine Unkorrektheit in der Handlung, von dem Mord an Rigolettos Tochter Gilda mal abgesehen.«

»Von dem Mord an Rigolettos Tochter Gilda mal abgesehen?«, wiederholte Erika ungläubig. »Bist du denn ganz von Gott verlassen? Was für eine Unkorrektheit, verdammt noch mal, was meinst du denn?«, schrie sie Erwin an.

»Reg dich doch nicht so auf, Schatz«, versuchte er sie zu beruhigen, »schau mal, in der Szene, in der dieser, wie heißt er noch mal, dieser gedungene Mörder?«

»Sparafucile«, antwortete Erika tonlos.

»Ach, ja, Sparafucile, was für ein komischer Name. Na, ja, als dieser Sparafucile dem Rigoletto im ersten Akt das Angebot macht, irgendjemanden für ihn zu ermorden, da haben sie doch eine Ratenzahlung vereinbart, nicht wahr?«

»Eine Ratenzahlung?«, flüsterte Erika, dem Wahnsinn nah über das unbestechliche Auge ihres Ehemannes.

»Weißt du das nicht mehr, mein Schatz?«, plauderte Ewin munter weiter, »zwei Raten haben sie ausgemacht, eine Hälfte vor und die andere Hälfte nach getaner Arbeit. Und wie ist es dann abgelaufen, bei der zweiten Rate? Vor die Füße geschmissen hat Rigoletto dem Sparafucile das Geld, ohne eine Quittung zu verlangen!«

»Erwin«, unterbrach Erika ihren Mann mit sterbender Stimme, »du meinst, Rigoletto sollte vom Mörder seiner Tochter eine Quittung verlangen, für den Blutzoll? Bist du denn noch zu retten?«

»Aber Schatz, zu diesem Zeitpunkt wusste Rigoletto doch noch gar nicht, dass Sparafucile der Mörder seiner Tochter war. Nein, glaube mir, das war nicht korrekt, Erika. Dieser Sparafucile könnte doch glatt im Nachhinein behaupten, er habe das Geld nicht erhalten. Er könnte sogar klagen, vor Gericht, und glaube mir, Schatz, er käme damit durch.«

Erikas Gesicht war aschfahl geworden, bei den Ausführungen ihres Mannes. Sie sah ein, dass es keine Zukunft mehr geben würde, für gemeinsame Opernbesuche, wollten sie beide nicht *selbst* demnächst vor Gericht landen, als Hauptbeteiligte in einem Scheidungsprozess.

Warum hatte sie bloß diesen Buchhalter geheiratet?

Verträumt

Nicole Schneefeld, eine junge Frau in den Zwanzigern, hatte eine Gabe, um die sie viele Zeitgenossen beneideten; sie konnte ihre eigenen Träume steuern. Wenn Nicole im Kreise lieber Mitmenschen davon hörte, wie manch einer von ihnen über entsetzliche Alpträume klagte, von denen er zuweilen heimgesucht wurde, setzte sie ein mildes Lächeln auf, und dachte bei sich: ›Das kann mir nicht passieren, ich lasse mich nicht von meinen Träumen überraschen, ich bestimme selbst darüber, was ich im Schlaf erlebe.‹

Nicole war diese Fähigkeit allerdings nicht in die Wiege gelegt worden: In ihrer Kindheit sowie in früher Jugend wurde auch sie ab und zu von Träumen heimgesucht, die nicht nur schöne Erlebnisse enthielten, bis ihr eines Tages ein Buch in die Hand fiel, in welchem sich ein Psychologe über den Stand der aktuellen Traumforschung äußerte und hierbei die Behauptung aufstellte, dass man es sich antrainieren könne, die eigenen Träume im voraus festzulegen, hierzu bedürfe es nur etwas Phantasie und einer guten Portion Konzentration.

Nicole Schneefeld besaß beides, sie brachte die notwendige Konzentration auf sowie die erforderliche Phantasie mit, und ihr Leben änderte sich radikal. Von diesem Zeitpunkt an richtete sie sich ihr eigenes träumerisches Wunschkonzert ein und träumte, was das Zeug hielt.

Hierbei ging sie allerdings nicht planlos vor, sondern richtete sich bei der Auswahl ihrer Träume nach ihrer jeweiligen Gemütslage, und in der gleichen Art, wie andere Menschen sich zum Abend für ein bestimmtes Fernseh- oder Kinoprogramm entschieden, traf sie die Wahl für den Stoff, aus dem die bevorstehenden Träume zu sein hatten.

Fühlte sie sich unwohl, beschied sie sich süße Träume a la Rosemarie Pilcher, war es ihr behaglich und warm ums Herz, durfte es durchaus ein Psychothriller nach Hitchcock

Art sein, war sie melancholisch, befahl sie etwas Nostalgisches herbei und in ganz übermütiger Stimmung griff sie auch schon mal zum Alptraum.

Bei diesen Vorbereitungen allein ließ sie es aber nicht bewenden, sondern darüber hinaus traf sie noch weitere Vorkehrungen in Bezug auf Outfit und Accessoires für die geplante Träumerei. War zum Beispiel ein Wildwesttraum angesagt, kleidete sie sich wie ein Cowboy und deponierte den Colt auf den Nachttisch, bei einem Horrortraum legte sie ein leichenblasses Make-up auf und schlüpfte in ein Hemd, das sie einem Bestatter abgerungen hatte, für einen Liebestraum jedoch bevorzugte sie ein entsprechendes Neglige oder begab sich gleich so zu Bett, wie Gott sie geschaffen hatte.

Bleibt noch zu erwähnen, dass bei dieser Art von selbst befohlenen Träumen auch die Geräuschkulisse eine nicht unerhebliche Rolle spielte; während ihrer Träume nahm Nicole alle möglichen Geräusche vom Jippiyea über Todesschreie bis zum Pornogestöhne in sich auf und gab diese unmittelbar an die zu diesem Zweck besonders schallisolierten Schlafzimmerwände weiter. Bereits kurz nach den ersten dieser selbst auferlegten Träume legte Nicole sich eine weitere Angewohnheit zu; sie begann, ihre nächtlichen Erlebnisse schriftlich aufzuzeichnen. Dieses stellte für sie keine besondere Schwierigkeit dar, wusste sie doch vorher schon, was sie träumen würde, und so gab sie dieser Wiedererzählung bereits im Vorfeld einen Titel.

Eigentlich hätte sie all diese Träume schon vorher niederschreiben können, denn das Drehbuch dafür hatte sie ja bereits im Kopf, doch Nicole war romantisch veranlagt und ließ es sich nicht nehmen, alles noch einmal selbst zu erträumen.

So weit, so gut, doch plötzlich gab es eine weitere Veränderung in Nicoles Dasein, die drastische Auswirkungen auf ihre bisherige Traumwelt nach sich zog.

Ein Mann trat in ihr zuvor gut behütetes Leben.

In der ersten Zeit ihrer Bekanntschaft, die über das Stadium des reinen Hausverkehrs nicht hinausging, behielt Nicole ihr kleines Geheimnis für sich, und täglich befahl sie sich nach alter Väter Sitte ihre nächtlichen Scheinerlebnisse.

Eines Tages jedoch wollte der junge Mann, wie man landläufig zu sagen pflegt, mehr vom Kuchen und strebte eine Statusverbesserung weit über den bisherigen Verkehr an, doch nun wurde Nicole sehr nachdenklich.

Düstere Gedanken schossen ihr durch den Kopf. Soll ich all meine schönen Nachtstunden, meine unterhaltsamen Träume, opfern, bloß um einen Mann im Bett zu haben? Kann ich vielleicht einen Kompromiss schließen, dergestalt, dass ich ihn nach getaner Arbeit aus meiner Schlafstätte verweise und auf die Couch verbanne? Was wird er von mir halten? Ob er es kommentarlos akzeptiert, aus Liebe?

Auf der anderen Seite, wenn ich das nicht tue, was soll er von mir denken, wenn ich mich als Cowboy zu ihm ins Bett lege, oder als Leiche? Er wird mich bestimmt sofort verlassen, und wenn ich ehrlich bin, ich an seiner Stelle täte das auch.

Ratlos schickte sie ihren Freund nach Hause, an diesem Abend, und teilte dem betrübt Dreinblickenden mit, die Entscheidung über sein Gesuch zu verschieben; sie wolle noch einmal eine Nacht darüber schlafen.

Vor dem Zubettgehen befahl sie sich einen ganz besonderen Schlaf; sie nahm sich vor, von einer Wahrsagerin zu träumen, um hierbei vielleicht eine Lösung ihres Problems zu erfahren.

In dieser Nacht funktionierte es jedoch nicht so, wie sonst, und der befohlene Traum widersetzte sich; statt einer

Wahrsagerin erschien ihr der Mann, der mehr von ihr wollte, ihr Freund, und er wollte auch im Traum mehr.

Allerdings drückte er seine Forderung in einer derart rührenden und liebenswerten Weise aus, dass ihr ganz warm ums Herz wurde und sie schließlich ein wenig wehmütig beschloss, künftig nicht mehr ihre Träume herbeizubefehlen sondern sich stattdessen so wie früher und ganz wie Otto Normalverbraucher davon überraschen zu lassen.

Am nächsten Morgen teilte sie ihrem Freund diese Entscheidung telefonisch mit, und noch am gleichen Tag eilte dieser hocherfreut zu ihr, im Laufschritt, mit seinen Koffern unterm Arm, um bei ihr einzuziehen.

Als sie abends im Bett lagen, nach vollbrachter Aktion, und abwechselnd an einer Entspannungszigarette sogen, machte der junge Mann eine überraschende Bemerkung:

»Du, Nicole, ich muss dir was gestehen.«

»Was denn?«

Der Freund antwortete nicht sofort, stattdessen erhob er sich vom Nachtlager und zog zu Nicoles namenlosem Erstaunen aus einem noch ungeöffneten Köfferchen eine zusammenklappbare Ritterrüstung heraus und legte diese an.

Sodann nahm er ein Gummischwert, deponierte es auf dem Nachttisch und legte sich wieder zu Nicole ins Bett.

»Tut mir leid, Liebling, aber anders kann ich nicht einschlafen!«

Voller Vergnügen zog Nicole ihr Totenhemd aus dem Schrank.

»Phantastisch!«, murmelte sie, beugte sich über ihren Freund und gab ihm einen Kuss.

»Heute Nacht träume ich von Dracula, Schatz.«

»Und ich von König Arthurs Tafelrunde!«

Singe, wem Gesang gegeben

»Was hat sie da gerade gesungen?« fragte Herbert.

Seine Frage galt Arthur, dem vorne neben ihm im Wagen sitzenden Freund und Berufskollegen. Sie befanden sich auf dem Heimweg von ihrer Arbeitsstelle. Seit einigen Jahren schon bildeten sie eine Fahrgemeinschaft zu zweit und seit dieser Zeit meisterten sie diese alltägliche Wegstrecke von circa einhundert Kilometern, fünfzig am Morgen und fünfzig am Nachmittag, für die sie insgesamt pro Tag je nach Verkehrslage zwischen einer bis zu drei Stunden benötigten.

Sie fanden ihre damalige Entscheidung sehr vernünftig, aus ökologischen und ökonomischen Gründen, der Umwelt und dem Portemonnaie zuliebe, wie sie sich ausdrückten.

Sie wohnten in der gleichen Landgemeinde und arbeiteten im gleichen Verwaltungsgebäude in der fernen Großstadt, was lag da nicht näher, als diese Fahrten gemeinsam zu unternehmen, und hierbei wechselten sie sich turnusmäßig ab, mit ihren Fahrzeugen; da sie in etwa ähnliche Automarken in ähnlicher Größe fuhren, gab es auch kein langes Hin- und Herrechnen des Benzinverbrauchs, den sie sich redlich teilten.

Auf diese Weise bewältigten sie zusammen im Laufe der Zeit eine stattliche Anzahl an Fahrkilometern gemeinsam, abgesehen nur von einigen unvorhersehbaren Ausfalltagen durch Krankheit sowie den planmäßigen Urlaubstagen, an denen ein jeder von ihnen gezwungen war, die Strecke allein fahren zu müssen; hierbei kamen sie sich jedes Mal einsam und verlassen vor.

Arthur beeilte sich, die Frage Herberts zu beantworten; er wusste zu genau, dass dieser beim Autofahren schnell nervös wurde.

»Sie sang davon, dass die Autobahn wegen eines Unfalls und des darauffolgenden Staus ab der nächsten Abfahrt gesperrt sei und wir den mit U 40 gekennzeichneten Umleitungsschildern folgen mögen.«

Herbert seufzte.

»Gut, dass ich dich bei mir habe, Arthur, manchmal sind diese Durchsagen wirklich nicht zu verstehen.«

Das waren sie in der Tat, schwer zu verstehen, diese Verkehrsnachrichten und Durchsagen aus dem Radio, und es bedurfte dazu schon eines guten Gehörs, fast eines absoluten, wie man in der Musiksprache zu sagen pflegt.

Zum Glück für Herbert hatte Arthur ein solches Gehör.

Seit einigen Monaten nämlich hatten die zuständigen Redakteure des Rundfunksenders, der in diesem Bereich zu empfangen war, eine Neuheit, sozusagen eine Weltneuheit, eingeführt: Sie ließen die Verkehrsnachrichten nicht wie bisher üblich, von einer sonoren männlichen Stimme in akzentuierter Form sprechen, sondern von verschiedenen professionellen Sängern beiderlei Geschlechtes singen, wie in der Oper, bisweilen sogar in Chorstärke.

Man stützte sich hierbei – so die Verantwortlichen des Senders in ihrer Begründung dieser nicht gerade alltäglichen Form der Übermittlung von Staumeldungen – auf Versuche, die sich spezielle Straßenverkehrspsychologen ausgedacht hätten und die erfolgreich in den USA, wo sonst, verlaufen wären.

Dabei hatte man festgestellt, dass der neue Modus der Ansage resp. des Ansingens der Verkehrsdurchsagen, welche ja in der Regel selten eine positive Botschaft für den Autofahrer beinhalteten, einen beruhigenden und besänftigenden Einfluss auf ihn ausübten und ihm die Kraft verliehen, besser mit diesen unangenehmen Situationen fertig zu werden; sozusagen eine Art Deeskalation, bevor es überhaupt zur Eskalation gekommen wäre.

Nun gut, mag man sagen, warum nicht? Neue Wege sollte man ruhig einmal einschlagen, sie müssen ja nicht von vorneherein in den Irrweg führen.

Das ganze neue System hatte jedoch den Nachteil, dass es vielen Autofahrern wie Herbert erging; sie verstanden mangels ausreichend geschulten Ohren so gut wie nichts, ähnlich, wie es nicht wenigen Zuhörern in der Oper erging, aber Herbert hatte ja gottlob seinen Arthur.

An der nächsten Abfahrt verließen Herbert und Arthur die Autobahn; von nun an folgten sie den besungenen Hinweisschildern.

Zwischenzeitlich wurde übers Radio von einem reinen Männerchor noch ein weiterer Stau vermeldet, und eine feine einzelne Sopranstimme besang unmittelbar darauf die Auflösung eines anderen, beide Ereignisse bezogen sich jedoch auf gänzlich andere Autobahnabschnitte.

»Wenn es mal eine gute Nachricht gibt«, fluchte Herbert und bezog sich hierbei auf die sopranistische Nachricht, »dann ist es keine gute für uns, verdammt noch mal!«

»Was soll's, Herbert«, beruhigte ihn der Freund, »wir sind ja jetzt von der Autobahn herunter und hier auf der Landstraße, da geht es zwar etwas langsamer voran, doch in einen Stau werden wir wohl nicht geraten, andernfalls hätten sie ja einen solchen schon durchgesungen.«

Es gab in der Tat keinen Stau, auf ihrem weiteren Weg entlang den Umleitungsschildern, dafür aber erlebten sie eine andere weitaus unangenehmere Überraschung.

Nachdem sie ein gutes Stück schnurgerader Landstraße hinter sich gebracht hatten, in schneller Fahrt, sprang plötzlich ein Polizist in Uniform hinter einem dicken Baum an der rechten Straßenseite hervor und brachte ihr Auto mit winkender Kelle zum Stehen.

»Auch das noch«, stöhnten Herbert und Arthur gemeinsam.

Der Polizeibeamte trat auf die Fahrerseite des Wagens zu, an der Herbert hastig die Scheibe herunterkurbelte.

»Guten Tag, die Herren, Führerschein und Fahrzeugpapiere, bitte!«

Nervös fummelte Herbert die Dokumente aus seiner Brieftasche und reichte sie dem Ordnungshüter.

Zwischenzeitlich war ein zweiter Beamter aus dem Polizeiwagen, welcher gut getarnt hinter dem dicken Baum parkte, gestiegen.

Der erste Polizist blätterte die Papiere durch und reichte sie dem Fahrer zurück; anschließend fragte er diesen in barschem Tonfall:

»Sie wissen, warum wir Sie angehalten haben?«

Herbert wusste es nicht und zuckte nur mit den Schultern, während Arthur neben ihm auf dem Beifahrersitz still vor sich hin blickte.

»Sie sind erheblich zu schnell gefahren, Menschenskind!« legte der Beamte los, mit donnernder Stimme. »Sie sind auf dieser Straße, auf der eine Geschwindigkeit von hundert Stundenkilometern erlaubt ist, mit einem Tempo von einhundertfünfunddreißig geblitzt worden, fünfunddreißig Stundenkilometer mehr als erlaubt! Ich kann Ihnen jetzt schon sagen, das wird teuer für Sie. Darüber hinaus müssen Sie mit weiteren Konsequenzen rechnen!«

Herbert wechselte die Gesichtsfarbe, seine ansonsten stets ins Rötliche gehende Haut ging ins Schneeweiße über.

»Weitere Konsequenzen, auch das noch!« stammelte er, fast lautlos.

Der zweite Polizist war an die Beifahrerseite getreten, auf der nun Arthur seinerseits die Scheibe herunter gedreht hatte.

»Steigen Sie mal aus, alle beide!« brüllte der erste Beamte die Freunde im Auto an.

»Wir wollen einmal Ihr Fahrzeug näher in Augenschein nehmen. Öffnen Sie mal den Kofferraum!«

Nun erfolgte eine akribische Inspektion des gesamten Autos, wie Herbert und Arthur sie nur von den gesetzlich vorgeschriebenen Überwachungsprüfungen her kannten. Glücklicherweise fanden die Ordnungshüter keine nennenswerten Mängel vor.

»Ja, mein lieber Mann«, sagte der erste Polizist mit einer Leichenbittermiene zu Herbert, »da werden wir wohl Anzeige erstatten müssen. Da kommt einiges auf Sie zu.«

Im gleichen Augenblick warf sich Arthur, der Beifahrer, vor den beiden Polizisten auf die Knie und begann, schluchzend zu singen, nach der wohlbekannten Melodie der Arie des Wandergesellen aus der Operette ›Der Vetter aus Dingsda‹:

»Wir sind nur zwei arme Pendlergesell'n, habet Gnad, liebe Schutzleut', habt gnad!

Wir geben es zu, ja, wir fuhren zu schnell, doch habt Gnad, liebe Schutzleut', habt Gnad!«

Als die beiden Polizeibeamten diese Szene vor sich sahen, den herzzerreißend singenden Beifahrer auf den Knien und den vor Angst schlotternden Fahrer, drückten sie spontan ein Auge zu und ließen Fünfe gerade sein.

»Haut ab, ihr Beiden, aber haltet Euch demnächst an die Geschwindigkeitsbegrenzungen.«

Kopfschüttelnd blickten sie dem Wagen nach, in dem zwei überglückliche Freunde und Arbeitskollegen saßen.

»Die lassen sich auch immer verrücktere Sachen einfallen, diese Autofahrer. Kein Wunder, in der heutigen Zeit, bei diesen Verkehrsnachrichten.«

Herbert aber hatte erneut einen Grund, sich darüber zu freuen, Arthur als Beifahrer zu haben; vermochte dieser nicht nur ausgezeichnet zu hören, sondern ebenso gut zu singen…

Tiefschlaf

»Hör mal, Schatz, ich glaube, es gibt eine Lösung für unser Problem« überraschte Charlotte Hürdes ihren Mann Harry eines Morgens bei Frühstücksei und Zeitungslektüre.

Beide hatten sie, wie es bei zahlreichen Ehepaaren üblich ist, die Tageszeitung nach alt bewährtem Muster unter sich aufgeteilt; er las zuerst im Bereich Sport und Politik, während sie sich derweil mit Feuilleton und Klatschnachrichten zufrieden gab.

»Was für eine Lösung, und für welches Problem?« knurrte Harry, halb hinter seiner Lektüre versteckt?

Für ihn existierte im Moment nur ein Problem, aber eines, das ihm sehr zusetzte, hatte doch sein Fußballverein wieder einmal verloren und bewegte sich seit Wochen mit zunehmender Geschwindigkeit auf den sportlichen Abgrund zu.

»Na, Harry, du weißt doch, unser großes gemeinsames Problem, das da«, wies seine Frau auf die Schachtel Zigaretten, die auf dem Tisch mitsamt dem Feuerzeug auf den Einsatz wartete.

Charlotte und Harry, ein Paar in den besten Jahren, waren starke Raucher, seit ewigen Zeiten; als solche hatten sie sich bereits kennen gelernt, in jungen Jahren, und genauso waren sie später, praktisch mit dem Glimmstengel in der Hand, vor den Traualtar getreten.

Im Laufe ihrer langjährigen Ehe hatten sie zwar zahlreiche Versuche unternommen, von diesem gesundheitsschädlichen Laster, wie sie es selbst bezeichneten, loszukommen, mit verschiedenen Mitteln und Methoden, doch zu ihrem Leidwesen hatten sie es bisher nicht geschafft, sich auf Dauer davon zu befreien.

Vielleicht, so dachten sie, lag dieser Misserfolg auch in der Tat begründet, dass sie zu zweit diesem ›Hobby‹ frönten, denn einer allein hätte unter Umständen mit Unterstützung eines ›rauchfreien‹ Partners eine Chance gehabt, doch indem sie beide sich täglich den Rauch um die Ohren bliesen, hatte das Ganze eher den Charakter eines Anspornes.

»Ach, Charlotte«, gab Harry zurück und legte die Zeitung beiseite, »wie oft haben wir das schon versucht, in der letzten Zeit, und wie viel Geld haben uns diese Versuche gekostet, dafür hätten wir so manche Stange mehr verqualmen können.«

»Ich weiß, Harry, aber schau mal, diese Anzeige hier, die klingt doch wirklich verlockend:

›Sie sind Raucher und wollen es nicht mehr sein? Gewöhnen Sie sich das Übel ab, spielend leicht, durch Hypnose; machen Sie mit, bei einer Methode, die selbst hartnäckigsten Rauchern, darunter sogar Politikern, zum dauerhaften Erfolg verholfen hat. Greifen Sie zu, in nur einer Sitzung, für 199,00 €, ist das Problem vom Tisch.‹

Was hältst du davon, Schatz?«

Statt einer Antwort griff Harry zuerst einmal zu dem Problem auf dem Tisch, solange es noch vorhanden war und zündete sich genüsslich eine Zigarette an.

»Du glaubst, dass es so einfach geht, Charlotte«, meinte er skeptisch, »durch Hypnose? Ich muss dir ehrlich sagen, dass ich nichts davon halte, von diesen Versprechungen.«

»Aber ja doch, Harry«, widersprach ihm die bessere Hälfte, »warum sollte das nicht klappen, wenn die doch sagen, dass sie es selbst bei hartnäckigen Rauchern geschafft haben, mit Hypnose. Ach, da ist ja sogar eine Namensliste bei, lauter Prominente, die da mitgemacht haben, und alle sind geheilt worden. Guck mal, die auch, und guck mal, der sogar, dieser Schlot. Bei dem hätte ich das nicht für möglich gehalten.«

»Zeig mal her, Schätzchen!«

Auf der Liste, die der Anzeige beigefügt war, standen in der Tat zahlreiche Namen von mehr oder weniger bekannten Zeitgenossen aus dem öffentlichen Leben, von Showgrößen bis zu Berufspolitikern, und sie alle erklärten übereinstimmend, dass sie als ehemals starke Raucher durch Hypnose, und zwar nur durch Hypnose, vollständig von ihrem Laster geheilt worden waren.

»Na gut, kann vielleicht schon sein«, brummte Harry, »dass die es damit geschafft haben, aber die schwimmen ja alle im Geld. Einhundertneunundneunzig Euro! Das ist ja die Höhe, das Geld muss erst einmal verdient werden. Für Einhundertneunundneunzig Euro, da mache ich das selbst.«

Er sah seine Frau mit einem durchdringenden Blick an.

Sie ahnte schon, was nun käme, dafür kannte sie ihn zu lange, ihren zum übertriebenen Geiz neigenden Ehemann.

»Nein, Harry, nicht. Ich will das nicht!«

Am Nachmittag des gleichen Tages machte sich Harry auf, zur städtischen Leihbücherei.

»Ich hätte gern etwas in Erfahrung gebracht über Hypnose, ganz allgemein, können Sie mir da weiterhelfen? Gibt's da bei Ihnen vielleicht spezielle Gebrauchsanweisungen, in dieser Hinsicht?«

Damit konnte sie freilich nicht dienen, die freundliche Dame von der Information, doch sie verwies Harry auf die einschlägige Fachliteratur, die im Haus zur Verfügung stand.

Mit einer großen Einkaufstasche voller Bücher kehrte er nach Hause zurück.

Sogleich stürzte er sich mit seiner Frau, die ihre anfängliche Scheu vor Selbsthypnose überwunden und darüber nachgedacht hatte, was man für 199 Euro so alles kaufen könnte, auf die umfangreiche Lektüre, um die erforderlichen Kenntnisse zu erwerben, die man brauchte, sich gegenseitig fachgerecht in einen Tiefschlaf zu versenken.

Nach einigen Tagen glaubten sie, soweit zu sein.

Nach dem Abendessen setzten sie sich an einen Tisch, auf dem dieses Mal weder Zigaretten noch Feuerzeug lagen, und blickten sich zunächst tief in die Augen.

»Willst du beginnen, mit der Behandlung, oder soll ich?« wollte Charlotte sodann wissen.

Harry musste die Frage als Aufforderung missverstanden haben, denn statt sein Weib in Hypnose zu versetzen oder sich von ihr in einen derartigen Zustand verwandeln zu lassen, stand er auf und zog sie ins eheliche Gemach, um zu einer völlig anderen Maßnahme anzusetzen; einem Unternehmen, bei dem seine Frau für gewöhnlich auch die Augen geschlossen hielt, bei dem beide jedoch im Allgemeinen hellwach und aufmerksam zur Sache gingen.

Nachdem Charlotte schließlich nach einer viertel Stunde das Unternehmen mit einem spitzen Schrei für beendet erklärte, griffen beide unisono nach ihren Zigaretten, die sie sich redlich verdient hatten.

»So wird das nichts, Schatz«, flüsterte die Frau zärtlich, »auf diese Weise werden wir uns das nie abgewöhnen; ich meine, das Rauchen.«

»Du hast Recht«, stimmte Harry zu, »wir müssen unsere Anstrengungen intensivieren.«

Er ließ offen, welche Anstrengungen er damit meinte.

Am folgenden Abend starteten sie einen weiteren Versuch, wobei sie zu einer kleinen List griffen. Um eine Beschleunigung des künstlichen Tiefschlafes zu erzielen, stellten sie eine Flasche Whiskey und zwei Gläser auf den Tisch.

Zuerst war Harry das Medium, so hatten sie es vereinbart. Er schenkte sich ein Glas ein, prostete sich selbst zu und trank es in einem Zug aus, doch die erwartete Wirkung stellte sich nicht sofort ein. Erst beim achten Glas fielen ihm die Augen zu, sodass Charlotte mit der Hypnose beginnen konnte.

Leider musste sie hierbei feststellen, dass sie nicht mehr richtig zu ihrem Medium durchdringen und dessen Unterbewusstsein ansprechen konnte, denn sie erhielt von diesem keine Reaktion mehr, stattdessen fing der Patient lautstark an zu schnarchen. ›Irgendetwas habe ich falsch gemacht‹, dachte Charlotte, griff enttäuscht zum Whisky und nahm sich vor, noch einen Blick in die Fachbücher zu werfen.

Kurz darauf aber fiel auch sie in einen Tiefschlaf, und als die Eheleute am nächsten Tag erwachten, mussten sie betrübt einsehen, dass auch der zweite Versuch fehlgeschlagen war. ›Kein Wunder‹, sagten sie sich kleinlaut, ›da beide Hypnotiseure eingeschlafen waren, konnte ja niemand mehr mit dem potenziellen Medium Kontakt aufnehmen, um es vom Übel des Rauchens zu befreien.‹

Stattdessen hatten sie beide einen dicken Kater, aber ungetrübte Freude auf eine Zigarette.

Auch in den nächsten Tagen und Wochen blieb zu ihrem Leidwesen der Erfolg aus; wie immer sie es auch versuchten, sie brachten es nicht fertig, sich wechselseitig in Hypnose zu versetzen geschweige denn gegenseitig in ihr Unterbewusstsein einzudringen. Schon wollten sie enttäuscht die Bücher wieder zurückgeben und sich von einem richtigen Fachmann hypnotisieren zu lassen, für 199 Euro, pro Person, versteht sich, da nahte die Rettung von einer ganz anderen, völlig unerwarteten Seite. Seit einigen Tagen verspürte Charlotte ein merkwürdiges Unwohlsein, und sie sah die Ursache dafür in den bevorstehenden Wechseljahren begründet.

Als sie daraufhin ihren Frauenarzt aufsuchte, wurde sie jedoch schnell eines Besseren belehrt; obwohl sie bereits die vierzig überschritten hatte, fand sie sich in anderen Umständen wieder. Als Harry davon erfuhr, weinte er vor Glück wie ein Kind; wie oft hatten sie sich beide doch in jungen Jahren ein Baby gewünscht, und nun war es ihnen im reiferen Alter doch noch vergönnt.

Charlottes Schwangerschaft bildete aber auch das ausschlaggebende Signal; wie auf Kommando stellten beide unverzüglich das Rauchen ein, als gesundheitsbewusste Eltern in spe, und von künstlichem Tiefschlaf wollten sie nichts mehr wissen.

Stattdessen bereiteten sie sich darauf vor, künftig häufiger nachts aus dem Schlaf gerissen zu werden, wenn das Baby erst einmal da wäre.

Anatomie eines Witzes

Bei den Arbeitskollegen galt Helfried Kleumann, der kleine kaufmännische Angestellte, als Witzerzähler par excellence, obwohl er eigentlich, wie viele dieser passionierten Witzbolde, keinen Humor besaß, da ihm die Fähigkeit abging, über sich selbst lachen zu können. Stattdessen wachte er eifersüchtig über das Repertoire seiner Witze und hatte sich daheim sogar ein Archiv angelegt, in welchem er diese fein säuberlich nummeriert und katalogisiert aufbewahrte, um sie bei jeder Gelegenheit entsprechend der Zusammensetzung und den Vorlieben seines Zuhörerkreises aus dem Gedächtnis abzurufen.

Machte in seiner Gegenwart einmal ein Witz eine Runde, den er noch nicht kannte, wurde er unruhig; äußerlich sah man ihm die Gemütsbewegung nicht an, doch in seinem Innern da gärte es vor Ärger, dass er nicht selbst diesen Spaß als erster unter die Leute gebracht hatte.

Seine Vorliebe galt den Witzen über Minderheiten, Menschen mit körperlichen Gebrechen oder anders gearteten geschlechtlichen Ausrichtungen, konnte er doch sicher sein, mit diesen den Geschmack der meisten seiner ›normalen‹ Zuhörer zu treffen.

An einem Montag, am frühen Morgen, hatte ein neuer Angestellter, ein junger Mann Ende zwanzig mit Namen Thorsten Schnäter, seine Arbeit aufgenommen und war vorab vom Chef persönlich durch alle Büroräume der Abteilung geführt und hierbei allen Mitarbeitern vorgestellt worden. Nachdem sich der Chef zurückgezogen hatte, versammelten sich zur Frühstückszeit einem alten Brauch entsprechend alle Kollegen, männlich wie weiblich, um dem Neuanfänger das richtige Wir-Gefühl zu vermitteln. Dieses Treffen fand, wie alle Zusammenkünfte dieser Art, im größten Raum der Abteilung, einem Großraumbüro mit acht Schreibtischen, in dem auch Helfried Kleumann seinen Arbeitsplatz hatte, statt.

Um dem jungen Mann von Beginn an einen richtigen Eindruck der Atmosphäre zu vermitteln, fand Helfried sich auf Bitten der Kollegen gleich bereit, dem Neuanfänger zur Einführung einen seiner Witze zu präsentieren, den die meisten Mitarbeiter zwar mehr als einmal gehört hatten, worüber sie aber aus Solidarität pflichtschuldig mitlachten, aber auch, um zu testen, ob der neue Mann den aus ihrer Sicht notwendigen Humor besäße.

Helfried zwinkerte den Kollegen zu und begann jedoch, dem neuen Mitarbeiter zugewandt, mit der Erzählung eines völlig neuen, auch im Mitarbeiterkreis noch nicht gehörten Witzes, wobei allerdings die Einführung nach altbekanntem Muster verlief:

»Kennen Sie den schon, junger Mann? Nicht? Macht ja nichts, hören Sie einfach zu. Der Chef einer größeren Abteilung...«

Weiter kam Helfried nicht; der neue Kollege nahm sich die Freiheit, ihn an dieser Stelle zu unterbrechen:

»Halt, Herr Kleumann, warten Sie. Wie können Sie denn davon ausgehen, dass ich den Witz, den Sie mir jetzt erzählen wollen, noch nicht kenne? Sie können es nicht wissen, Sie können vielleicht annehmen, dass ich den Witz noch nicht kenne, doch absolut sicher können Sie jedoch nicht sein, nicht wahr?«

Helfried war sprachlos, das erste Mal in seiner Funktion als Witzerzähler.

Was war denn das für ein Witzbold, der ihn noch vor dem eigentlichen Witz unterbrach?

»Wie meinen Sie, ich verstehe nicht ganz? Sie kennen meinen Witz schon? Das ist ja unglaublich!«

»Das habe ich nicht behauptet, Herr Kleumann, wie könnte ich denn? Was halten Sie davon, mir den Inhalt Ihres Witzes vorab ein wenig zu erläutern, ohne die Pointe vorwegzunehmen, versteht sich, damit ich mir ein Urteil bilden und Ihnen definitiv sagen kann, ob ich ihn kenne oder nicht, diesen Witz?«

Einige der Kollegen begannen, verhalten zu grinsen. Helfried jedoch reagierte ausgesprochen sauer.

»Wie bitte, mein Herr? Was soll ich? Ihnen meinen Witz vorab erläutern, und ihn dann noch einmal erzählen, den Witz? Das ist wohl ein Witz? Einen Deubel werde ich tun, ich erzähle den Witz auf meine Weise oder gar nicht!«

»Wie Sie meinen«, erwiderte der junge Mann eisig.

Mit grimmigen Mienen standen sie sich gegenüber, Erzähler und Zuhörer, dem Anlass einer heiteren Geschichte nicht gerade entsprechend, und mit derselben Miene setzte Helfried erneut an.

»Also, der Chef einer größeren Abteilung, nicht unser Chef, versteht sich, stand vor der Aufgabe, eine freigewordene Stelle neu zu besetzen. Drei Angebote hatte er schließlich vorliegen und...«

»Nicht so schnell, Herr Kleumann«, unterbrach Thorsten Schnäter den Witzexperten, der gerade wieder in Fahrt geriet, »Sie erwähnten, dass es sich nicht um unseren Chef handele. Sind Sie sich da absolut sicher?«

Entgeistert starrte Helfried den neuen Kollegen an.

»Wie kommen Sie denn darauf, Mann? Natürlich handelt es sich nicht um unseren Chef, verdammt noch mal!«

»Ich frage nur deswegen, Herr Kleumann, weil unser Chef nicht im Raum ist, und man weiß ja, wie oft Witze über Vorgesetzte in deren Abwesenheit gemacht werden.«

Helfrieds Gesichtsfarbe wechselte zu einer ungesunden Röte.

»Es ist aber nicht unser Chef«, erwiderte er mit schneidender Stimme, »es ist irgendein Chef, verstehen Sie, irgendeiner irgendwo auf der weiten Welt. Wollen Sie nun den Witz hören oder nicht?«

Thorsten wollte, und er gab sich mit der Erklärung zufrieden.

Viele der Kollegen hatten sich etwas abgewandt, um ihre Lachkrämpfe zu verbergen.

»Also, nachdem ihm die Angebote von drei Bewerbern vorlagen, unserem Chef, ich meine, diesem Chef da, bestellte er sie alle zu sich, zu einem Vorstellungsgespräch, diese Kandidaten, in sein Vorzimmer.«

Helfried machte eine Pause und blickte den Neuling durchdringend an, als ob er einen weiteren Einspruch erwartete; dieser erfolgte jedoch nicht.

»Nun muss ich aber noch erwähnen«, setzte er fort, »dass dieser Chef ein kleines körperliches Handikap hatte, einen kleinen Makel, den ihm die Natur mitgegeben hatte; er besaß nämlich keine Ohren!«

An dieser Stelle platzten die Kollegen los, vor Lachen; über die fehlenden Ohren oder über die allgemeine Situationskomik, sei dahingestellt. Erwartungsvoll blickte Helfried den Neuen, Thorsten Schnäter an, doch der lachte nicht und verlangte stattdessen eine näher gehende Erklärung.

»Lieber Herr Kleumann, Sie führten soeben aus, dass Sie diesen Umstand über das körperliche Handikap unseres Protagonisten erwähnen müssen. Warum tun Sie das erst jetzt? Meines Erachtens gehört eine solche Erwähnung an den Anfang des Witzes, ist sozusagen die Prämisse dieses Witzes. Aus dramaturgischen Gründen sollten Sie daher diese Tatsache nicht erst schildern, wenn ein Teil des Handlungsstranges bereits seinen Lauf genommen hat, sondern gleich zu Beginn.«

Helfrieds Gesicht nahm eine Farbe an, die selbst einen erfahrenen Mediziner erschrecken konnte.

»Wie bitte, Sie machen wohl Witze!« brüllte er los, in einer solchen Lautstärke, dass die leichten, halbhohen Glasrennwände des Raumes erzitterten, »Prämisse des Witzes? Dramaturgische Gründe? Haben Sie keine Ohren, ich habe Ihnen schon einmal gesagt, dass ich meine Witze auf meine Weise erzähle! Darf ich nun endlich meinen Witz so erzählen, wie ich es möchte?«

»Sie brauchen mich nicht so anzubrüllen, Herr Kleumann, ich habe Ohren, im Gegensatz zu Ihrem Chef!«

»Zu meinem Chef, Sie Flegel, was erlauben Sie sich?«

»Ich meine, zu Ihrem Chef in Ihrem Witz, Herr Kleumann.«

»Ach so. Darf ich also weiter erzählen. Mein Gott, ist das anstrengend«.

Helfried wischte sich ein paar Schweißperlen aus dem Gesicht; es war das erste Mal, dass er bei einem Witz schwitzte.

»Also«, fuhr er vorsichtig fort, jederzeit auf einen neuen Angriff gefasst, »er besaß keine Ohren, dieser Chef. Nun gut, er ließ also den ersten Bewerber vor, um ihn vorab zu testen, wie dieser auf seine fehlenden Ohren reagieren würde, davon hinge alles weitere ab. So stellte er diesem, nachdem der sich vorgestellt und Platz genommen hatte, zuerst die folgende Frage: ›Sagen Sie mal, fällt Ihnen an mir etwas auf?‹ Der Kandidat antwortete spontan: ›Ja, wenn Sie mich so direkt fragen, dann muss ich sagen, dass Sie keine Ohren haben.‹ Das war das Stichwort für den Abteilungsleiter. Mit der Begründung fehlenden Taktgefühls warf er den Bewerber hinaus und ließ den nächsten eintreten.«

Erleichtert darüber, dass er eine relativ lange Passage des Witzes ohne Einwand über die Runden gebracht hatte, blickte Helfried zu seinem größten Kritiker hinüber, doch der zeigte einen eher gleichgültigen bis gelangweilten Gesichtsausdruck, während die Kollegen es vor Spannung fast nicht mehr aushielten, sei es im Hinblick auf die Pointe oder auf den nächsten Knall.

Vorsichtig nahm er die Erzählung wieder auf

»Ja, und was soll ich sagen, liebe Kollegen, dem nächsten Bewerber erging es ebenso; kaum hatte er dem Chef eine Andeutung über dessen Ohren gemacht, flog auch er achtkantig hinaus. Als dieser Bewerber ins Vorzimmer zurückkehrte, saß dort schon ganz aufgeregt der dritte Kandidat, der zweimal das Gebrüll des Chefs und den Rausschmiss seiner Vorgänger miterlebt hatte, worauf ihm der andere ins Ohr flüsterte, er solle um Himmelswillen beim Gespräch mit dem Chef keine Bemerkung über dessen Ohren machen.«

Wiederum froh, eine weitere Etappe seines Witzes gefahrlos überstanden zu haben, machte Helfried eine kleine Pause. Der Witz steuerte dem Höhepunkt zu, alle waren nun gespannt, wie er zu Ende ging.

Helfried fuhr fort:

»Nun trat der dritte Bewerber ein; auch ihm stellte der Chef die gleiche Frage: ›Sagen Sie mal, fällt Ihnen etwas an mir auf?‹ ›Ja‹, antwortete der Kandidat, ›Sie tragen Kontaktlinsen.‹ «

Siegesgewiss blickte Helfried Kleumann in die Runde.

Die Spannung auf die nun unmittelbar bevorstehende Auflösung, die große Pointe, war fühlbar zu atmen. Unendlich froh, diesen Witz, wenn auch unter unglaublichen Strapazen bis zu diesem Punkt vorangetrieben zu haben, setzte er an, ihn mit einem Knaller zu beenden, als sich ungerührt die Stimme seines Widersachers vernehmen ließ.

»Sagen Sie einmal, Herr Kleumann«, begehrte Thorsten Schnäter zu wissen »Sie geruhten vorhin zu schildern, dass sich die beiden ersten Bewerber zuerst vorgestellt haben, bevor sie vom Chef nach den Ohren befragt wurden, wie verhielt es sich mit dem dritten Mann; ich bin da etwas irritiert...«

Irritiert war auch Helfried Kleumann, und mehr als das.

Mit verzerrtem Gesicht und einem Aufschrei unbändiger Wut stürzte er sich auf den neuen Kollegen:

»Sie erbärmlicher Hund, Sie haben meinen Witz gemordet.«

Schon lagen sie sich in den Haaren und zerrten sich gegenseitig auch an den Ohren, und nachdem es den Kollegen mit viel Mühe gelungen war, sie voneinander loszureißen, hatten sie beide ihre Lauscher eingebüßt, wie der Chef in dem etwas lang geratenen Witz.

Auf der Stelle wurden beide ins Krankenhaus gebracht, und nun liegen sie nach erfolgreichen Operationen auf dem gleichen Zimmer.

Ob Helfried Kleumann allerdings unter diesen Umständen bereit ist, Thorsten Schräter die fehlende Pointe herauszurücken, ist sehr fraglich; auch kann einem die gesamte Belegschaft der Abteilung richtig Leid tun, denn wer weiß schon zu sagen, ob Helfried wenigstens den Kollegen das Ende des Witzes nicht vorenthält.

Ob er überhaupt jemals wieder Witze erzählen wird?
Fragen über Fragen.

Eine Urlaubsbekanntschaft

»Also, ihr Zwei, dann macht es mal gut, vielleicht sieht man sich ja bald mal wieder, lasst von euch hören«, verabschiedeten sich Heidi und Reinhard von ihren neuen Bekannten nach der Landung auf dem großen überregionalen Flughafen.

»Aber klar doch, man sieht sich.«

Im Urlaub, im fernen Süden hatten sie sich kennen gelernt, die beiden älteren Ehepaare aus deutschen Landen, Heide und Reinhard Budde sowie Ruth und Helmut Knoop; im gleichen Hotel hatte man drei herrliche Wochen verbracht und war sich, da man ihnen seitens der Hotelleitung einen gemeinsamen Tisch zugewiesen hatte, schnell näher gekommen.

Schon von Beginn an fanden sie sich sympathisch, funkten sozusagen auf der gleichen Wellenlänge, und es dauerte nicht lange, da wurden zu den Mahlzeiten bereits eifrig Photos von Kindern und Enkelkindern ausgetauscht. Doch sie beließen es nicht nur dabei; auch am Strand traf man sich, die Männer zum Bocciaspiel mit Gleichgesinnten und die Frauen zum Damenplausch, auch Kaffeeklatsch genannt.

Nach dieser ersten Phase des gegenseitigen Beschnupperns gingen die beiden Ehepaare dazu über, auch die Abende miteinander zu verbringen, und bei einer solchen Gelegenheit kam es so, wie es kommen musste, man bot sich das Du an, und schon gewann die lang gezügelte Neugier Überhand, ausgerechnet bei den Männern, wobei man jedoch nicht wusste, ob die Ehefrauen hierbei die treibende Kraft waren.

»Du, sag mal, Reinhard«, wollte Helmut wissen, »was ich dich schon länger fragen wollte, bist du eigentlich noch berufstätig?«

Reinhard lachte.

»Warum fragst du, meinst du, ich sehe schon so alt aus, als wenn ich in Rente wäre? Nein, Scherz beiseite, ich bin tatsächlich Rentner, Ruheständler, seit gut einem Jahr, Gott sei Dank; Mann, bin ich froh, vierzig Jahre als Versicherungsvertreter, das reicht, meinst du nicht auch?«

»Und seitdem genießt er seinen Ruhestand und verdrießt mir die Tage«, ergänzte seine Frau und verdrehte die Augen.

»Aber das stimmt doch gar nicht, Mutti«, protestierte Reinhard.

Mutti lachte. »Na, ja, ganz so schlimm ist es nun auch nicht.«

»Und du, Helmut, wie ist es bei dir?« fragte Reinhard.

»Na, ja, ich muss noch ein paar Jahre, das heißt, wir beide müssen noch ein paar Jahre.«

»Ihr beide müsst noch? Ja, bist du denn auch noch berufstätig, Ruth?«

»Nun, ja, wir sind selbständig", entgegnete Ruth, „wir haben ein kleines Geschäft, und da unsere Kinder das nicht übernehmen wollen, so machen wir halt noch einige Jährchen, denn noch sind wir ja rüstig, nicht Helmut?«

»Ihr seid selbstständig? Ach, wie schön. In welcher Branche denn?«

»In der Möbelbranche«, antwortete Helmut nach kurzem Zögern, »aber wir haben keinen großen Laden. Wisst ihr, unser Schwerpunkt liegt auf Liegemöbeln, und viele davon halten wir noch nicht einmal vor, sondern fertigen nach Katalog.«

»Liegemöbel?« rief Heidi verzückt aus. »Auch Stressless-Liegen? So eine wünsch' ich mir schon lange«, meinte sie mit einem vorwurfsvollen Seitenblick auf ihren Ehemann.

»Auch das«, entgegnete Helmut und warf seiner Frau einen vielsagenden Blick zu, »aber, ich glaube, das lohnt sich nicht für euch, dazu liegen unsere Wohnorte viel zu weit auseinander Die kriegt ihr doch bei euch bestimmt preiswerter.«

»Da hast du auch wieder Recht, Helmut, aber besuchen werden wir euch trotzdem einmal, versprochen ist versprochen.«

»Das macht mal ruhig, wir freuen uns«, antwortete Heidi und warf ihrem Mann einen schnellen Blick zu, »aber das beruht doch auf Gegenseitigkeit, nicht wahr?«

»Aber klar doch. Das Wiedersehen wird aber dann gefeiert.«

Es sollte in der Tat gar nicht mehr so lange dauern, bis zu diesem Wiedersehen, denn als Heidi und Reinhard vom Flughafen zu Haus ankamen, fanden sie im Briefkasten eine Einladung von Verwandten zu einer runden Geburtstagsfeier in einer norddeutschen Stadt vor.

»Das ist ja schon in drei Wochen«, rief Heidi erstaunt, »daran hatte ich gar nicht mehr gedacht, und außerdem, das ist ja ganz in der Nähe von unseren neuen Urlaubsbekannten. Was meinst du, Schatz, sollten wir die Gelegenheit nicht nutzen und einen Abstecher zu Ruth und Helmut machen?«

»Aber natürlich, Heidi, doch wir melden uns vorher nicht an, wir werden sie einfach überraschen.«

Sehr zeitig am Morgen brachen sie auf, mit dem Wagen, zu der Geburtstagsfeier, und weil diese erst für den Abend anberaumt war, beschlossen sie, den besagten Abstecher zu ihren Urlaubsbekannten vorher durchzuführen, es blieb sogar noch Zeit für einen Stadtbummel.

Gesagt, getan.

Nach dreistündiger Fahrt stellten sie ihr Auto im Zentrum ab und begannen zuerst mit dem Stadtbummel. Doch wie so etwas bei älteren Ehepaaren im Allgemeinen der Fall ist, *ihm* wurde es schnell langweilig, weil *sie* vor jedem

Schaufenster stehen blieb, und so machte Reinhard seiner Frau den Vorschlag, allein weiterzubummeln, er würde vorab schon das Möbelgeschäft von Ruth und Helmut aufsuchen, da es ja ganz in der Nähe liegen müsste, und dort auf sie warten.

Heidi willigte ein.

»Bis später, Heidischatz, die Adresse hast du?«

»Ja, Schätzchen, natürlich, Schillerstraße 11, ist ja leicht zu behalten. Geh du schon mal vor und such einen schönen Stressless-Sessel aus. Oh, die werden Augen machen, Ruth und Helmut!«

In der Tat machten sie große Augen, die beiden Bekannten aus dem gemeinsamen Urlaub, aber noch größere machte Heidi selbst, als sie nach gut einer Stunde vor dem besagten Gebäude an der Schillerstraße stand, in dem sie das Möbelgeschäft von Ruth und Helmut vermutete.

Stattdessen fand sie einen anderen Laden vor, ein Bestattungsgeschäft; über dem Schaufenster befand sich ein großes Schild mit der Aufschrift:

›*Würdiger Heimgang, Inhaber Helmut und Ruth Knoop*‹

Voll Empörung betrat Heidi das Ladenlokal, doch ihre Empörung verwandelte sich in blankes Entsetzen, als ihr eigener Mann sie aus einem offenen, mit Brokat ausgestattetem Sarg heraus anlächelte, während Ruth und Helmut ein wenig verlegen dreinblickten.

»Was machst du denn da drin, Reinhard, komm sofort da raus!«

»Aber, Mutti, was hast du denn, komm doch mal her, probier' doch auch mal einen aus.«

»Bist du verrückt geworden? Du hast wohl 'nen Knall!« schrie *Mutti* empört, doch nach einer Weile beruhigte sie sich wieder und ließ ihre Blicke durch den Laden schweifen, »na, ja, wenn ich schon einmal hier bin…«

Nur für Frauen

Erbost stieg die etwas drall geratene Blondine in den Dreißigern aus dem Wagen, knallte die Autotür zu und stemmte die Hände in die Hüften.

»Hören Sie mal, Gnädigste«, polterte sie los, »das ist aber nicht die feine englische Art. Ich habe genau gesehen, was Sie gemacht haben. Das ist ein klarer Missbrauch eines Frauenparkplatzes!«

»Was wollen Sie denn, Madame«, ereiferte sich die Angesprochene, eine Brünette Mitte vierzig, »ich weiß, dass das ein Frauenparkplatz ist! Bin ich etwa ein Mann, Sie Komikerin?«

»Nun kommen Sie mir nicht so und lenken nicht ab, Gnädigste! Meinen Sie, ich hätte nicht gesehen, dass Ihr Mann da den Wagen in die Parklücke gefahren hat, und nicht Sie, auch wenn Sie danach im Auto die Plätze getauscht haben und nachträglich aus der Fahrerseite ausgestiegen sind?«

»Also, da hört sich doch alles auf! Erstens bin ich nicht Ihre Gnädigste, und zweitens ist das nicht mein Mann«, wies sie in Richtung eines schüchtern drein blickenden schwarz gelockten Jünglings, der gerade Anstalten machte, aus der Beifahrertür auszusteigen, dann aber plötzlich erschreckt wieder im Wagen verschwind, »und auch wenn er es wäre, dann hat Sie das gar nichts anzugehen, und drittens, habe *ich* das Auto hier geparkt, auf dem Frauenparkplatz.«

»Haben Sie nicht!«

Kampfbereit standen sie sich gegenüber, im Parkhaus, bereit, jeden Augenblick aufeinander loszugehen, im Streit um einen von fünf Parkplätzen, die in einer Reihe zwischen zwei Betonpfeilern besonders gekennzeichnet und dem weiblichen Geschlecht vorbehalten waren.

Die Blondine hatte ihr Auto auf der rechten Spur in der engen Auffahrt stehen lassen, mit laufendem Motor, und schnell bildete sich hinter ihrem Fahrzeug eine Schlange männlicher Autofahrer, die, während sie langsam zum Überholen ansetzten, mit unverhohlener Schadenfreude an der lautstarken Auseinandersetzung teilnahmen und diese mit hämischen Kommentaren begleiteten.

»Ich sage ja, Frauen«, rief einer, »jetzt haben sie schon eigene Parkplätze und werden sich immer noch nicht einig«, während ein anderer reimte: »Frau am Steuer, ungeheuer.«

Ein Dritter begann sogar, zu singen, in Abwandlung eines Welthits:

»No woman, no cry, yeah, keine Frau, kein Geschrei!«

Die beiden Kampfhennen vergaßen für einen Moment ihren Disput, besannen sich auf ihr gemeinsames Geschlecht und beantworteten die männlichen Kommentare mit obszönen Handbewegungen, was bei den Herren der Schöpfung für noch mehr Heiterkeit sorgte.

Schließlich war die Brünette es leid und schrie nach Verstärkung:

»Jens«, rief sie ihrem Begleiter auf dem Beifahrersitz zu, »komm' mal raus und erklär' der Schnepfe hier, dass *ich* und nur ich den Wagen in die Lücke gefahren habe.«

Doch der junge Mann mit Namen Jens rührte sich nicht vom Platz; man sah ihn auch nicht mehr, von außen, da er sich gerade tief bückte und an seinen Schuhen herumzufingern schien.

Dieses Verhalten trug nicht gerade dazu bei, die aufgebrachte Dame zu besänftigen.

»Jens, du Feigling, komm sofort raus aus dem Wagen, verdammt noch mal!«

Ärgerlich ging die Brünette um ihren Wagen herum und riss die Beifahrertür auf.

Der junge Mann kauerte verängstigt auf dem Boden.

»Mama«, flüsterte er entsetzt, »weißt du wer die Frau ist, die du gerade mit ›Schnepfe‹ tituliert hast?«

»Nein«.

»Mama, das ist meine neue Klassenlehrerin!«

»Ach du Schande!«

Mit hochrotem Kopf rannte Jens Mutter wieder um das Auto herum und stürzte sich auf den Fahrersitz, während ihr Sohn versuchte, sich noch kleiner zu machen, was ihm allerdings nicht gelang.

Mit ruckartigen Bewegungen manövrierte sie vorsichtig den Wagen zurück, um ihr Heil in der Flucht in Richtung höher gelegene Parkdecks zu suchen, wobei sie es sich jedoch nicht verkneifen konnte, der ›Schnepfe‹ »die Klügere gibt nach« zuzurufen, was diese mit einem verständnislosen Kopfschütteln quittierte.

Kaum war das Auto außer Sichtweite, da öffnete sich die rechte Tür des anderen Wagens, und heraus schälte sich ein schlaksiger junger Mann, der die ganze Zeit auf dem in Liegesitzstellung herunter gedrehten Platz des Beifahrers verbracht hatte.

Im Augenblick war kein anderes Fahrzeug mehr zu sehen.

»Soll ich ihn rein fahren, Mama?«

»Tu das, Junge, aber vorsichtig!«

»Weißt du übrigens, wer die Dame war?«

»Dame sagst du zu dem Miststück?«

»Mama, du kennst dieses Miststück sogar, zumindest fernmündlich. Das ist die Mutter von Nicole.«

»Waas? Die Mutter von Nicole? Von deiner Freundin Nicole? Das darf doch wohl nicht wahr sein.«

»Das ist aber wahr, Mama, und sie und ihr Mann kommen am Wochenende zu uns. Du hast sie selbst eingeladen.«

»Ach du lieber Gott, das gibt's doch gar nicht! Komm, lass uns schnell von hier abhauen! Erzähl bloß Papa nichts davon.«

Sein höchstes Ziel

»Irgendwann musste es ja einmal so kommen, mit dem Karel«, befanden die Einen, »es war ja praktisch nicht anders zu erwarten.«

»So ein Schicksalsschlag aber auch«, meinten andere, »vor allem für die arme Frau.«

Karel Neiers, der kleine Angestellte des großen Konzerns, war ein Arbeitskollege, wie man ihn sich nur wünschen konnte; bei allen beliebt, stets höflich und zuvorkommend, hatte er nur eine kleine, etwas merkwürdige Marotte, die auf den ersten Blick nicht das Verhängnis ahnen ließ: Er hatte es mit dem Du.

Karel hatte die Zwangsvorstellung, jeden, aber auch jeden, mit dem er längere Zeit, beruflich oder privat, zu tun hatte, so bald als möglich duzen zu müssen. Diese Marotte mag ja, solange sie auf den privaten Bereich beschränkt bleibt, noch angehen und wird auch von den meisten Zeitgenossen mehr oder weniger toleriert oder gar selbst gepflegt. Im Berufsleben jedoch sieht so etwas anders aus und kann unter Umständen weitreichende Folgen bis hin zur Beleidigungsklage oder zur schriftlichen Rücknahme des voreilig gegebenen Du's haben. Soweit jedoch ließ es Neiers, der mit einer außerordentlichen Spürnase ausgestattet war, niemals kommen, denn er wandte eine Taktik an, die einem Indianer auf dem Schleichpfad alle Ehre gemacht hätte. Hierbei bediente er sich eines schlichten, aber überzeugenden Mittels; der Anwendung des sogenannten Supermarkt-Du's, welches wie folgt funktionierte:

Nach einer kurzen Schonfrist traktierte er beispielsweise einen neuen Arbeitskollegen mit einer Redewendung, die man täglich in den Supermärkten des Landes zu hören bekommt und bei denen man den Eindruck hat, dass die Mitarbeiterinnen selbst nicht mehr wissen, ob sie per Du oder per Sie zueinander stehen. So ist dort allenthalben zu hören: »Hör mal, Frau Schulze, was kosten die Bananen?« oder »Komm mal bitte zur Kasse, Frau Müller!«

Während die Supermarktdamen diesen Sprachstil jedoch zumeist bis zum Ende ihres Arbeitslebens bevorzugen, so war dieser für Karel Neiers nur ein direktes Mittel zum Zweck, eine reine Zermürbungstaktik, denn irgendwann hatte auch der geduldigste Kollege die Faxen dicke und forderte Karel energisch auf: »Nun aber mal Schluss damit, mit diesem Edeka-Du, entweder Du oder Sie!«

Diese Augenblicke stellten Momente wahren Glücksgefühles in Karels doch recht eintönigem Alltagsleben dar, denn bis jetzt hatte keiner der Kollegen ihm das ersehnte Du verweigert und wie ein Indianer, der sich eine Kerbe für jeden erledigten Gegner in seinen Tomahawk schnitzt, so vermerkte er des Abends mit glänzenden Augen in seinem Duz-Tagebuch: Kollege Krause-Böckerhoff heute endgültig das Du entlockt. Datum, Unterschrift.

Schwieriger wurde dieses Unterfangen jedoch bei seinen zahlreichen Vorgesetzten in dem großen Konzern, doch auch hier hatte er sich große Ziele gesetzt.

Ihm war natürlich bewusst, dass es hierfür weit mehr an Geduld und Zeit bedurfte als bei den auf gleicher Ebene befindlichen Kollegen. Gleichwohl verlor er diese Ziele nicht aus den Augen und machte sich daran, peu a peu auch die *großen Tiere* zu verschlucken beziehungsweise diesen das begehrte Du abzuringen. Hierbei wandte er allerdings ein anderes Verfahren an und ging von der Zermürbungstaktik zum Überraschungsangriff über.

Er wartete ab, bis ein festlicher Anlass ins Haus respektive Büro stand und nutze dann blitzschnell die Gelegenheit, bei einem Glas alkoholischen Getränks den jeweiligen Vorgesetzten überfallartig zu duzen um sich gleich darauf für sein Benehmen zu entschuldigen. Zu Karels eigener Überraschung funktionierte dieses System besser, als er es sich selbst vorgestellt hatte. Die auf diese Weise Überfallenen waren erstens sehr verblüfft, da sie mit einem solchen Anschlag nicht gerechnet hatten und zum zweiten auf Grund ihres Alkoholpegels nicht mehr in der Lage, diesen argumentativ abzuwehren. Daher gaben sie sich meist schnell geschlagen, drohten allenfalls mit dem Finger und griffen verlegen zum nächsten Glas.

Dass es manchem von ihnen später im nüchternen Zustand Leid tat, sich auf diese Weise das Du entlockt zu haben, machte dem duzsüchtigen Mitarbeiter nichts aus und tat der Sache keinen Abbruch; er hatte ein weiteres Etappenziel erreicht auf dem Weg, sich nach oben zu duzen, und konnte weitere Kerben anbringen beziehungsweise neue Tagebucheinträge vornehmen.

Die Krönung jedoch stand noch bevor, und Karel ließ auf dem Wege dahin nicht locker. Nachdem er all seine Chefs, vom Abteilungsleiter bis zum stellvertretenden Generaldirektor nach und nach auf diese Weise ›geschafft‹ hatte, sah er das Endziel seiner beruflichen Laufbahn nunmehr dicht vor Augen; das höchste zu erlangende Du, das Du keines Geringeren als das des Generaldirektors selbst!

Dieses Ziel aber erwies sich als die härteste Nuss, die Karel jemals in dieser Beziehung zu knacken hatte, denn der Generaldirektor war schließlich nicht irgendwer, sondern sein höchster Chef und darüber hinaus auch noch strikter Antialkoholiker.

Hin und wieder nahm er zwar an Festlichkeiten und Ehrungen im Betrieb teil, doch zu seinem Leidwesen musste Karel einsehen, dass er auf den bisher so bewährten Pfaden nicht weiterkam.

Guter Rat war gefragt, denn er brauchte dieses Du unbedingt für seinen Seelenfrieden.

Abermals jedoch war das Glück ihm hold, ein letztes Mal auf dem langen Weg zum erstrebten Glück, und die Gelegenheit hierfür bot sich schneller als er dachte.

Karels einzige Tochter Jennifer befand sich in einem Alter, in welchem man beginnt, sich ernsthaft für das andere Geschlecht zu interessieren. Vorbei war die Zeit, zu seinem Leidwesen, in welcher der Vater für sie das männliche Idol abgab, doch Karel fügte sich, wie viele Väter vor ihm, mannhaft in sein Schicksal.

Eines guten Tages brachte Jennifer einen jungen Mann mit nach Hause, den sie den Eltern als ihren Freund vorstellte. Die Mutter war gerührt über das junge Pärchen und fühlte sich an vergangene Zeiten erinnert, als ihr Karel um sie freite. Auch der Vater war angetan von dem jungen Mann mit abgeschlossener Berufsaufsausbildung, erinnerte dieser ihn in seiner Schüchternheit doch an sein eigenes Verhalten seinen Schwiegereltern in spe gegenüber, zumindest in der ersten Zeit.

Einige Wochen später brachte Jennifer erneut etwas mit nach Hause; eine frohe Botschaft für die Eltern. Nachwuchs hatte sich angekündigt, Nachwuchs, den sie bereits im Bäuchlein zu spüren begann.

Die Eltern waren zuerst nicht gerade erbaut davon, sahen aber ein, dass es nicht um ihre eigene, sondern um die Zukunft ihrer Tochter ging.

»Er wird dich aber doch heiraten, dein Michael?« fragte die besorgte Mutter.

»Aber ja doch, Mama, und er freut sich schon riesig auf das Baby. Und seine Eltern ebenfalls, sie werden genauso wie ihr, das erste Mal Großeltern. Sie möchten euch übrigens so schnell wie möglich kennenlernen.«

Karel machte Stielaugen, als er mit Frau und Tochter vor der Villa seines höchsten Chefs, dem künftigen Schwiegervater seiner Tochter Jennifer, eintraf. Dieser öffnete persönlich die Tür.

»Sie, Herr Neiers?«

»Verzeihen Sie, Herr Generaldirektor, das ist meine Familie.«

»Lassen Sie mal ruhig den Generaldirektor weg, mein Lieber, ich bin der Knut. Hereinspaziert, meine Herrschaften, meine Frau kann es kaum erwarten. Michael, nimmst du deiner künftigen Schwiegermutter mal den Mantel ab.«

Am folgenden Tag aber brach das Unglück über Karel in vollem Umfang herein. Sei es durch das plötzliche, in dieser Form absolut nicht erwartete Du seines höchsten Chefs, sei es durch die Aussicht, künftig mit diesem die gemeinsame Enkelschar – seine Tochter wünschte sich mindestens drei Kinder – auf den Knien zu wiegen, seit diesem Tag nämlich siezt er seine Frau und seine Tochter, darüber hinaus führt er häufige Selbstgespräche in der gleichen Art, und die Psychologen sagen übereinstimmend, dass auf absehbare Zeit mit einer Besserung seines Zustandes nicht zu rechnen sei.

Die Studie

›Was soll's, die haben ja Recht‹, dachte Eberhard Frank, nachdem er wieder einmal eine gute Viertelstunde kniend auf dem Teppichfußboden seines Büroraumes verbracht hatte, um eine Büroklammer aufzuspüren, die ihm aus der Hand entglitten war, und er erinnerte sich an die Arbeitsanweisung, die vor einigen Monaten per Rundschreiben durchs Haus gegangen war und sich auf die Studie eines renommierten amerikanischen Wirtschaftsinstitutes über effektivere Arbeitszeitnutzung bezog.

Diese Studie besagte, dass bei bürointernen Arbeiten in der freien Wirtschaft wie auch bei Behörden im täglichen Geschäftsverkehr viel zu viel Geld verschwendet würde für unnütze Tätigkeiten wie das Aufsammeln von Kleinstutensilien wie beispielsweise Büroklammern, weil die Zeit, die einem Betrieb hierdurch verloren ginge, viel wertvoller sei als der materielle Gegenwert solcher Gegenstände.

Die Empfehlung, die schließlich aus dieser Anweisung abgeleitet wurde, lautete schlicht und einfach: ‚Lassen Sie das Zeug liegen! Der Staubsauger ist effizienter und vor allem billiger als Ihre wertvolle Arbeitszeit. Nutzen Sie diese Zeit, dieses kostbare Gut, für wichtigere Vorgänge!'

Zu Anfang hatte Eberhard diese Empfehlung nicht gutgeheißen, nicht gutheißen können; mehr als vierzig Dienstjahre auf dem Buckel ließen sich nicht so einfach wegleugnen und vermochten auch nicht, einen stets korrekt handelnden Beamten grundlegend zu verändern.

Nur zu gut noch konnte er sich an die Zeit zu Anfang seiner Laufbahn zurückerinnern, als bei diesen geringfügigen Büroartikeln, wie sie nun hießen, absolute Mangelware herrschte und man beispielsweise gezwungen war, sich Büroklammern im wahrsten Sinn des Wortes täglich aufs neue zu erkämpfen, Auge um Auge, Zahn um Zahn, und nun sollte er, Eberhard Frank, diese Dinger einfach auf dem Boden liegen lassen, nur weil die Amerikaner es so wollten?

›Nein, mit mir nicht, so einfach geht das nicht, schließlich haben wir noch gelernt, was der Taler wert ist‹, sagte sich Eberhard, an das alte Sprichwort erinnernd: ›*Wer den Pfennig nicht ehrt, ist des Talers nicht wert!*‹

Mit der Zeit jedoch war er ins Grübeln gekommen, und des Öfteren, wenn ihm wieder einmal eine Büroklammer entglitten war und er sich daran machte, sie aufzufinden, was sich als nicht ganz einfach herausstellte, auf dem rostroten Teppichboden, kam ihm die Studie über die Arbeitszeiteinsparung in den Sinn.

›Was tue ich hier eigentlich?‹ fragte er sich immer häufiger, während er auf dem Boden herumrutschte, ›In der Zeit könnte ich ja weiß Gott was Sinnvolleres machen‹.

Und so hatte er in der Tat schließlich eines Tages das Ganze satt und traf eine einsame, aber folgenschwere Entscheidung.

Eberhard Frank beschloss, sich der Arbeitanweisung, die auf der amerikanischen Studie basierte, zu beugen und künftig keine Büroklammern vom Fußboden aufzuheben, nie mehr.

Er traf diese Entscheidung in vollem Bewusstsein der Tatsache, dass sein Büro relativ weit abseits von den übrigen Büroräumen der Verwaltung lag und praktisch nie von professionellen Putzkräften gereinigt und infolgedessen auch der Teppichboden nicht gesaugt wurde.

›Ich werde allerdings vorsichtiger sein müssen, in Zukunft, im Umgang mit meinen Büroklammern‹, nahm er sich vor, ›denn wenn ich sie demnächst liegen lasse, wird eines Tages ein Punkt erreicht sein, an dem ich statt eines weichen Teppichs nur noch harte Stahlklammern unter den Füßen habe.‹

Doch soweit kam es zum Glück nicht.

In den ersten Tagen geschah zunächst einmal nichts Besonderes. Eberhard ging wie gewohnt seiner Tätigkeit nach, suchte zwischendurch auch zuweilen einige Kollegen in entfernten Räumen auf – er selbst bekam keine Besuche, weil er soweit abseits vom Nabel des täglichen Bürogeschehens residierte – und hielt das eine oder das andere Plauderstündchen mit ihnen ab.

Im Umgang mit den Büroklammern legte er jedoch äußerste Behutsamkeit an den Tag, schließlich hatte er ja noch einige Berufsjahre vor sich und konnte sich daher nicht schon jetzt allzu viele von diesen Klammern auf dem Fußboden erlauben.

An einem Freitag jedoch, nicht an einem dreizehnten, aber immerhin, war es trotz aller Vorsicht, die er walten ließ, soweit; eine Büroklammer war ihm aus der Hand gefallen, und nun lag sie vor ihm im Staub respektive auf dem Teppichboden, jedoch er wollte oder konnte sie einfach nicht aufheben.

Schwer atmend warf sich Eberhard in seinen Drehsessel und starrte die Büroklammer an, vor sich auf dem Boden; auf diese Weise vergingen die restlichen Stunden bis zum Feierabend.

Er war sich indes vollkommen bewusst, dass sein Verhalten, stundenlang darüber zu grübeln, ob er die Klammer aufheben sollte oder nicht, absolut nicht im Sinn der Studie über effektivere Arbeitszeitausnutzung entsprach, doch er konnte einfach nicht anders.

Als er am Nachmittag das Büro verließ, warf er einen letzten Blick zurück, auf die Büroklammer; es schien ihm, als riefe diese um Hilfe.

Schweren Herzens schloss er die Tür ab und machte sich mit kummervoller Miene auf den Heimweg.

Eberhard war nicht mehr der jüngste, und er lebte allein, seit vielen Jahren. Wenn man ihn auf den Grund dafür ansprach, pflegte er zu sagen, dass er noch nicht die richtige Partnerin fürs Leben gefunden habe.

»Ich glaube, ich werde sie auch nicht mehr finden«, fügte er seufzend hinzu.

Das freie Wochenende verbrachte er zu Hause, wie so oft, indem er sich in seinen Büchern vergrub; im Laufe der langen einsamen Jahre war er zu einem wahren Bücherwurm geworden und ging vollkommen in diesen auf.

Dieses Mal verhielt es sich jedoch nicht so wie sonst, denn immer wieder unterbrach er seine Lektüre, weil ihn etwas anderes beschäftigte; er musste immerzu an die Büroklammer denken, wie sie so da lag, auf dem Fußboden in seinem Büro, in ihrer Einsamkeit. Wenn er sich doch nur überwinden könnte, sich seinem Herz einen Stoss geben könnte, zu ihr zu eilen, sie aufzuheben und an ihren ursprünglichen Platz zurückzulegen.

Auf der anderen Seite stand jedoch sein fester Entschluss wie ein Fels in der Brandung, dieses auf keinen Fall zu tun, und war er nicht ein Mann von Prinzipien?

Als er am Montagmorgen sein Büro betrat, galt sein erster Blick der Büroklammer.

Gottlob, sie lag noch an derselben Stelle, unversehrt.

Ein wenig unschlüssig setzte Eberhard sich an den Schreibtisch, gab sich schließlich einen Ruck und spannte einen Bogen Papier in die Schreibmaschine. Mit voller Kraft hämmerte er in die Tasten, nur ab und an warf er einen verstohlenen Blick auf den Teppichboden.

Doch die gewohnte Konzentration wollte sich einfach nicht einstellen, und nachdem er voller Wut die vierte Schreibmaschinenseite in den Papierkorb geworfen hatte, schweifte sein Blick erneut über den Fußboden und ließ ihm die Haare zu Berge stehen.

Die Büroklammer hatte sich aufgerichtet, in voller Größe, wenn man das von einer solchen Klammer auch nur bedingt sagen kann, und sie sprach ihn direkt an, mit dünner Fistelstimme:

»Erschrick nicht, mein Freund, dass ich so unvermutet das Wort an dich richte, aber es bricht mir das Herz, wenn ich dich leiden sehe, und ich kann es einfach nicht mehr mit ansehen. Seit der vorigen Woche schon quälst du dich damit herum, bist du erschüttert, in den Grundfesten deiner Beamtenseele. Lass mich dir helfen, lieber Mann, denn offenkundig hat dich diese blöde Studie aus Übersee dermaßen verwirrt, dass du nicht mehr derselbe bist. Oh, wie habe ich dich bewundert, in den vielen Jahren wegen deines Mutes, gegen den Trend zu schwimmen, wegen deiner unerschütterlichen Standfestigkeit gegen alle unnützen Reformbewegungen innerhalb der Gesellschaft. Mit welcher Genugtuung habe ich es gesehen, dass du nicht einmal über einen Computer verfügst und stattdessen lieber deine alte Schreibmaschine traktierst wie vor Urzeiten, selbst ein Handy hast du dir nicht zugelegt.«

Trotz des anfänglichen Entsetzens machte sich nun ein Lächeln auf Eberhards Gesicht breit, denn er war stolz darauf, weder Handy noch Computer zu besitzen. Gnadenlos aber fuhr die Büroklammer fort:

»Tieferschüttert musste ich unlängst jedoch zur Kenntnis nehmen, dass du bereit bist, dich aufgrund irgendwelcher zweifelhafter an den Haaren herbeigezogenen Erkenntnisse dem Diktat der sogenannten Fortschrittlichen aus Übersee zu beugen. Kannst du mir diese deine merkwürdige Wandlung erklären? Sprich!«

Eberhard hatte sich soweit wieder in der Gewalt, um antworten zu können; er wunderte sich sogar ein wenig darüber, dass die Büroklammer das Herkunftsland der Studie nicht mit direktem Namen erwähnte, sondern nur den Ausdruck Übersee benutzte.

»Ja, genaugenommen finde ich diese Empfehlung aus Amerika« – im Gegensatz zu seiner Gesprächspartnerin nannte er nun unverblümt Ross und Reiter, wobei die Büroklammer, wie es schien, ein wenig zusammenzuckte – »auch absolut unzutreffend, das heißt, ich fand sie bisher so, aber zwischenzeitlich, nach längerem Nachdenken, muss ich einräumen, dass es...«

»...dass es besser wäre, mich hier auf dem Boden liegen zu lassen, zu deinen Füßen«, fuhr die Büroklammer in scharfem, wie Eberhard schien, weiblichem Tonfall dazwischen, »wolltest du das sagen?«

»Nein, nein«, beeilte Eberhard sich zu sagen, »so war das nicht gemeint.«

Er befand sich in einem Konflikt, einem Konflikt, von dem er nicht mehr wusste, wie er ihn lösen sollte.

»Du hast ja Recht«, antwortete er zögerlich, »wenn du es so siehst, aber andererseits, diese Studie aus Übersee« – nun übernahm auch er den Ausdruck – »ich weiß selbst nicht genau, was ich machen soll, und das Schlimmste ist, keiner, weder meine Kollegen noch meine Vorgesetzten, keiner kann mir helfen.«

»Keiner kann dir helfen? *Ich* kann dir helfen, glaube mir, ich kann dir helfen, so zu fühlen wie ich, das heißt, wenn du meine Hilfe annimmst.«

»Du kannst mir helfen?« zeigte sich Eberhard erstaunt, »wie willst denn ausgerechnet du mir helfen?«

»Ganz einfach«, lachte die Büroklammer, »heirate mich!«

Eberhard Frank glaubte seinen Ohren nicht zu trauen; da hatte er mehr als ein halbes Menschenalter nach einer Lebensgefährtin gesucht, und nun stand sie vor ihm, wenn auch in etwas anderer Form, als er sich das vorgestellt hatte.

»Bist du, bist du weiblich?« begehrte er vorsichtig zu wissen.

»Aber natürlich, du Dummerchen, hast du das denn nicht sofort gemerkt?«

Eberhard hatte es nicht sofort gemerkt, aber nun hob er behutsam die Büroklammer vom Teppichboden auf und drückte sie zärtlich, ganz zärtlich, an sein Herz.

Sodann traf er erneut eine Entscheidung, noch folgenreicher als die, welche er vor einiger Zeit getroffen hatte.

»Ich werde dich zur Frau nehmen, meine Gute, aber vorher werden wir dir noch ein passendes Brautkleid suchen.«

So traten sie denn vor den Traualtar, ein ungewöhnliches Paar; er im tiefdunklen Einreiher und sie mit schneeweißem Kunststoffüberzug, und aus Eberhards bisheriger melancholischer Einsamkeit erwuchs eine wundersame Zweisamkeit, der zwar nicht ein reicher Kindersegen beschert war, die aber lang anhaltend und ausreichend vom Glück beschienen war.

Dieses Glück strahlt nun auch darüber hinaus bis an seinen Arbeitsplatz in seinem einsamen Büro.

Seit jener Zeit nun behandelt Eberhard alle Büroklammern mit ausgesuchter Höflichkeit, und mit so manch einer von ihnen führt er hin und wieder ausgiebige und erquickende Gespräche.

Ein unerhörter Vorgang

Es war die Nachricht des Tages, die da am späten Abend in Großbuchstaben über alle Öffentlich Rechtlichen Fernsehsender des Landes tickerte und die aktuellen Programme unterbrach, und so unspektakulär sie zuerst klang, so versetzte sie doch nach und nach das gesamte Land in Aufregung:

Boxer verlässt Ringgeviert

Unmittelbar nach dieser schriftlichen Meldung verlas ein ganz in schwarz gekleideter Nachrichtensprecher eine ausführlichere Erklärung:

Den ersten Berichten zufolge hatte demnach der Herausforderer des amtierenden nationalen Titelträgers im Schwergewicht in der elften Runde plötzlich und unerwartet seinem Gegner den Rücken gekehrt und den Ring verlassen, ohne einen plausiblen Grund dafür zu anzugeben; ein Verhalten, welches bei allen Anwesenden in der Halle teils große Bestürzung, verbunden mit Ratlosigkeit, teils aber auch großen Unmut hinterließ. Die unmittelbar Beteiligten an der Kampfstätte aber, so der Sprecher weiter, vor allem die Betreuer des Mannes, hätten sich, da sie im Traum nicht auf eine solche Reaktion vorbereitet waren, derart geschockt gezeigt, dass sie nicht in der Lage waren, den Boxer von seinem Tun abzuhalten, weder verbal noch mit anderen Möglichkeiten. Noch während der Sprecher diese Erklärung verlas, erfolgte bereits eine neue Meldung über den Ticker:

Aus dem Ring entlaufener Boxer in Zuschauermenge untergetaucht; alle Bemühungen seiner habhaft zu werden, bisher vergeblich.

Sodann wurde dem Sprecher seitens der Regie im Hintergrund ein neues Schriftstück zum Verlesen überreicht.

Demzufolge hatte der Boxflüchtling nach Verlassen des Ringgevierts mit schnellen Schritten die halbe Halle durchquert und ward auf einmal in der Zuschauermenge regelrecht verschwunden. Eine sofort eingeleitete Suchaktion, die derzeit noch nicht beendet sei, habe bisher leider keinen Erfolg gehabt.

Auch das Verlesen dieser Erklärung wurde durch eine weitere Meldung über den Ticker unterbrochen, die da lautete:

Suchaktion nach entflohenem Boxer abgeschlossen, Mann nicht auffindbar, hat offensichtlich die Halle verlassen, Großfahndung läuft.

Unmittelbar darauf wurden alle Öffentlich Rechtlichen Sender zum Ort des Geschehens, der Boxkampfhalle, hinübergeschaltet, wo der als Moderator fungierende Reporter eines privaten Senders, der den Kampf live übertrug, einen recht hilflosen Eindruck machte. Während die Halle tobte, dass man sein eigenes Wort nicht verstehen konnte, saß dieser mitten im Ring auf einem erhöhten Stuhl, um sich herum versammelt die mittelbar und unmittelbar Beteiligten des Kampfes; den Gegner des Flüchtigen mit seinen Betreuern, den Ringrichter, die Betreuer des flüchtigen Herausforderers und schließlich noch den Ringarzt.

Der Hallensprecher forderte das Publikum über Lautsprecher mehrfach zur Ruhe auf, und so nach und nach kehrte diese denn auch ein.

Sodann begann der Moderator über Mikrofon die Befragung seiner Gesprächspartner.

»Ja, wo ist er denn hin, der Gute?« wollte er vom nationalen Schwergewichtsmeister wissen.

»Woher soll ich das denn wissen«, fauchte der Champion, »mir hat er das nicht gesagt.«

»Können Sie mir denn vielleicht einen Grund dafür nennen, warum sich Ihr Gegner so unvermutet von der Kampfstätte zurückzog?«

»Zurückzog ist gut, Mann! Abgehauen ist der Lump, sang und klanglos, einfach dünne gemacht hat der sich. Wenn das jeder machen würde…«

»Welche Gründe kann Ihr Schützling denn Ihrer Meinung nach für sein Verhalten gehabt haben«, wandte sich der Reporter an den Trainer des Geflohenen, »war es vielleicht die Angst vor dem Gegner?«

»Wie kommen Sie denn darauf. Er hat schließlich über zehn Runden gut geboxt und es sah ganz danach aus, als hätte er den Kampf gewonnen, nach Punkten.«

»Von wegen« protestierte das gegnerische Lager.

Aus dem Publikum ertönten Pfiffe und Buhrufe.

Der Fernsehmoderator setzte seine Befragung fort, aber weder Ringrichter noch Ringarzt vermochten Antworten auf die drängenden Fragen zu geben, warum der Herausforderer davongelaufen sei und vor allem, wo er sich jetzt aufhalten könne.

Plötzlich meldete sich aus der ersten Reihe am Ring ein älterer Boxfan. Man hielt ihm ein Mikrofon hin.

»Ich vermute, es waren private Gründe, die den Herausforderer veranlassten, dem Kampf den Rücken zu kehren.“

»Private Gründe?« zeigte sich die Gesprächsrunde im Ring irritiert.

»Wie kommen Sie denn darauf?« rief der Moderator erstaunt.

»Nun ja«, erwiderte der Fan, »als der Boxer sich umdrehte, um den Ring zu verlassen, da hat er einen Anruf erhalten.«

»Was hat er???«

»Ja, in der Tat, es hat geklingelt, und daraufhin zog er ein Handy aus der Hose, das haben wir genau gesehen, meine Frau und ich, nicht wahr, Mutti?« zeigte der ältere Herr auf eine weißhaarige Dame an seiner Seite, die zustimmend nickte.

»Ja, und was hat er gesagt?«

»Er hat eigentlich gar nichts gesagt; er hörte nur kurz zu und murmelte so etwas wie Okay, und dann stürmte er aus dem Ring.«

»Ja, meine Damen und Herren«, wandte sich der Moderator direkt ans Publikum, »wir stehen hier vor einem absoluten Rätsel, und nebenbei bemerkt, vor einem ebensolchen Novum in der gesamten Geschichte des Profiboxens. Ein derart unerhörter Vorgang, dass ein Boxer im Fight um die nationale Schwergewichtskrone während des Kampfes einen Anruf erhält und dann spontan den Ring verlässt, ist meines Wissens bisher noch nie aufgetreten. Wollen wir mal hören«, wandte er sich nun an den Ringrichter, »wie die Fachleute diesen Vorgang bewerten. Was sagen Sie dazu, aus der Sicht des Unparteiischen?«

»Für mich ist der Fall klar.«

»Für Sie ist der Fall klar?«

Der Reporter zog die Augenbrauen hoch.

»Sie wollen damit sagen, dass Sie eine Vermutung haben, wer der Anrufer war, der den Boxer veranlasst hat…«

»Quatsch«, unterbrach ihn der Ringrichter, »ich meine damit die Beurteilung der Situation. Der Mann hat den Ring verlassen, ob mit oder ohne Anruf, aber vor allem ohne Angabe von stichhaltigen Gründen. Dieser Mann muss meines Erachtens sofort disqualifiziert werden!«

Die Bravorufe und die Pfiffe hielten sich die Waage, während das gesamte Lager des amtierenden Meisters jubelte.

»Dem schließen wir uns unbedingt an«, meinte der Meistertrainer, mit Freudentränen in den Augen.

Das gesamte Lager des Entflohenen jedoch blieb stumm, auch hier schimmerten Tränen durch, aber aus einem anderen Grunde.

»Allerdings gibt's da noch ein Problem«, ließ sich der Ringrichter erneut vernehmen, »eine Disqualifikation ist zwar durchaus rechtens und vertretbar, aber sie muss im Beisein von beiden Kontrahenten ausgesprochen werden. Fehlt jedoch einer, so wie das hier der Fall ist, kann die Disqualifikation nachträglich angefochten werden. Das Gleiche gilt im Prinzip auch für alle anderen von uns.«

»Was? Wie bitte? Das darf doch wohl nicht wahr sein!«

Die Stimmen aus der Ecke des Champions überschlugen sich, alle redeten durcheinander.

»Doch, meine Herren«, erklärte der Ringneutrale, »so steht's in den Regeln.«

»Und was sollen wir jetzt machen, verdammt noch mal?« schrie der amtierende Schwergewichtler, weiß vor Wut, »etwa hier warten, bis der Drecksack wiederkommt?«

»Das werden wir wohl müssen.«

Ein unbeschreiblicher Tumult brach los, im Saal, und es dauerte eine Zeitlang, bis die Zuschauer sich wieder beruhigten. Nach und nach ebbte der Krach ab, und es kehrte wieder Ruhe ein.

»Das Publikum ist von dieser Regel natürlich ausgenommen«, rief der Chef des Ringes in den Saal, »Sie dürfen natürlich nach Hause gehen.«

»Wie freundlich!« schallte es ihm entgegen.

»Es ist tatsächlich so«, schaltete sich der Ringarzt ein, der ebenfalls die Regeln kannte, »wir müssen hierbleiben, solange, bis der Entwichene wieder hier erscheint, oder, was auch möglich ist, bis der Boxverband eine andere Entscheidung fällt.«

»Ja, meine Herren Verbandsgewaltigen«, rief der Ringrichter in die Kamera, »insoweit Sie das hier mitbekommen haben, jetzt müssen *Sie* ran. Ihre Entscheidung ist gefragt. Wir zählen auf Sie!«

Während sich nach und nach die Halle lehrte, von wütenden Protesten begleitet, wurden im Ring Schlafgelegenheiten vorbereitet, für alle Beteiligten; eine Maßnahme, die sich als äußerst vorausschauend und sinnvoll erwies, denn weder in der folgenden Nacht noch im Verlauf der nächsten zwei Tage fiel eine Entscheidung des Verbandes, und der Gesuchte ließ sich auch nicht blicken.

Auch für das leibliche Wohl der zwangsweise Verbliebenen wurde gesorgt, von den angeschlossenen Sendeanstalten, die sich stündlich vermehrten und einen Prominentenkoch nach dem anderen mit gesamter Crew ins Rennen schickte, um die Betroffenen vor laufenden Kameras bei Laune zu halten.

Als man gerade dabei war, die Menufolge für den dritten Tag zu besprechen, traf endlich die langersehnte Entscheidung des Boxverbandes ein und wurde öffentlich verkündet. Danach hatten sich die Boxgewaltigen darauf geeinigt, in diesem Fall eine Ausnahme von der Regel zuzulassen. Die Disqualifikation durfte somit ausgesprochen werden, weil niemand mehr damit rechnete, dass der verlorengegangene Kontrahent noch einmal im Ring erscheinen würde.

Während das Lager des Amtierenden in Jubel ausbrach und den alten und neuen Champion auf die Schultern hievte, hüllte man sich auf der anderen Seite in Schweigen.

Im gleichen Augenblick erhielt der Ringrichter einen Anruf auf seinem Mobiltelefon. Alles verstummte und blickte in gespannter Erwartung auf den Mann, dessen fragender Gesichtsausdruck sich nach und nach erhellte.

»Ach so«, sagte er schließlich, »habe verstanden« und legte auf.

»Meine Herren, das war ein Anruf unseres so lang Gesuchten. Er lässt Sie alle schön grüßen. Er sagt, er sei bei seiner Mutter daheim und habe vorhin den Fernseher eingeschaltet und die Entscheidung des Verbandes live verfolgt. Er bedaure unendlich, nicht hier sein zu können, doch er teilt uns mit, dass er die getroffene Entscheidung akzeptiere.«

Weiterer Jubel brach aus, im Lager des Champs, während das andere Lager schwieg.

»Und was sagt er«, fragte der Trainer des Unterlegenen schließlich, »warum er seinerzeit den Ring verlassen hat und von wem der Anruf kam?«

»Ach, so, ja. Er gibt an, einen Anruf seines Zahnarztes erhalten zu haben.«

»Was? Sein Zahnarzt ruft hier an, mitten im Kampf?«

»So ist es, meine Herren. Der Zahnarzt hatte den gesamten Boxkampf auf dem Bildschirm verfolgt, und er hat in der Pause vor der letzten Runde festgestellt, als sein Patient den Mundschutz ablegte, dass an dessen Zähnen irgendetwas nicht in Ordnung war, etwas, was sich seiner Meinung nach sogar unmittelbar auf den Verlauf des weiteren Kampfes hätte auswirken können.«

»Und deshalb hat er hier angerufen? Hier im Ring? Das gibt's doch gar nicht!«

»In der Tat, meine Herren, und er hat seinem Patienten dringend geraten, die Behandlung keinesfalls aufzuschieben und auf der Stelle zu ihm zu kommen, weil er nur noch Stunden zur Verfügung stände, da er am nächsten Tag in Urlaub flöge.«

Die Männer im Ring schüttelten zuerst den Kopf. Dann aber kehrte eine gewisse Nachdenklichkeit ein.

»Wenn man genau bedenkt«, sagte einer, »dass bei jedem Boxkampf ein Arzt zugegen sein muss…«

»…aber kein Zahnarzt«, ergänzte ein anderer, »und der wäre eigentlich noch wichtiger, dann ist das schon eine Lücke in den Zähnen, ich meine, im System.«

»Dann wollen wir mal«, sagte der Ringrichter und erhob sich von seinem Lager und wandte sich den laufenden Kameras zu, »meine Herren, Ihre Entscheidung ist erneut gefragt. Aber jetzt können Sie sich etwas mehr Zeit lassen…«

Er legte sich wieder zur Ruhe, und die anderen taten es ihm gleich.

Im Hintergrund erklang leise eine leise Melodie:
The boxer
von Simon and Garfunkel.

Stairway to heaven

Stolz eröffnete kein Geringerer als der Vorstandsvorsitzende des Konzerns persönlich das an alter Stelle neu errichtete supermoderne Kaufhaus.

Alle waren sie der Einladung gefolgt, die Honoratioren der Stadt mit dem Oberbürgermeister an der Spitze, gefolgt von den Mitgliedern der Ratsversammlung über die Funktionsträger der unzähligen Vereine und Gesellschaften des kommunalen Miteinander bis hin zu den nicht unwichtigen, zum Wohle des städtischen Lebens ehrenamtlich tätigen Mitbürger. Nachdem sich der Konzernchef mit einigen Würdenträgern einen regelrechten Wettstreit an Lobeshymnen für das einzigartige Kaufhauswunder geliefert hatte, spielte eine Bergmannskapelle eine für diese Region typische musikalische Formation auf und intonierte das traditionsreiche Lied von glücklich aus tiefer Erde wieder aufsteigenden Bergleuten, die den Steiger begrüßen.

Dann aber schritten sie zur Tat, mit verklärten Gesichtern, allen voran der Konzernherr, zur Besichtigung des neuen Kaufhauses; eines Konsumtempels, wie er versicherte, der einen Vergleich mit denjenigen der größten Metropolen des Erdenrunds nicht zu scheuen brauche.

Wie auf Flügeln glitten die Teilnehmer der Führung durch das Haus, und die Stürme der Begeisterung rissen nicht ab, sondern verstärkten sich in zunehmenden Maß, je weiter man den Gebäudekomplex durchdrang, immer höher hinauf, bis in die höchste Gebäudehöhe, in den traumhaften, licht durchfluteten Gourmettempel.

Hier ließen sie sich nieder, und der Chef gab mit den bedeutungsvollen Worten:

»Das Buffet ist eröffnet« das Signal zum Essenfassen.

Gleichzeitig mit diesen Worten öffneten sich unten im Erdgeschoss die Schleusen für das normale, das gemeine Publikum, welches seit Stunden, wenn nicht seit Tagen ausharrte, bei klirrender Kälte, um unter den Glücklichen zu sein, die eingelassen wurden, in das neue gigantische Konsumparadies.

Während es sich die Very Important Persons gut schmecken ließen, in paradiesischer Höhe, herrschte im gesamten Haus darunter ein Andrang wie bei einem Endspiel einer Fußballweltmeisterschaft. Gewaltige Kundenströme ergossen sich in die einzelnen Etagen und alle wollten sehen, alle wollten kaufen, alle wollten sie den neuen Tempel genießen.

Plötzlich jedoch drang aus großer Tiefe her ein merkwürdiger, zu Beginn noch nicht genau erkennbarer Gesang durch die mit Unmengen von Personen bevölkerten Ebenen bis hinauf zu den Ehrengästen; ein Chorgesang, das ließ sich nach kurzer Zeit feststellen, und dieser Chor schwoll in der Lautstärke stetig an.

Irritiert hielten die Ehrengäste inne, bei ihrem Schmaus.

Einige glaubten, das Stück erkannt zu haben; den Gefangenenchor aus Giuseppe Verdis Frühwerk *Nabucco*.

Die Musik erreichte eine Lautstärke, die alle anderen Geräusche im gesamten Gebäude übertraf; nun gab es keinen Zweifel mehr, es handelte sich in der Tat um den besagten Gefangenenchor, in einer derartigen Intensität, wie sie selbst auf den großen und größten Opernbühnen der Welt selten vernommen wurde.

Auf einen Schlag jedoch, wie auf ein unsichtbares Zeichen hin, verstummte der Chorgesang.

Mit beklommenen Mienen blickten die Ehrengäste den Konzernleiter an.

»Was war das für ein furchteinflößender Chor?« fragte der Oberbürgermeister mit lauter, bebender Stimme.

»Das waren Kunden ohne Payback Karten«, gab der Chef des Hauses lapidar zurück, »kein Grund zur Aufregung.«

Namenloses Entsetzen machte sich auf den Gesichtern der Gäste breit.

»Wie bitte? Was sagen Sie da?« riefen einige Stadträte, »Kunden ohne Payback Karten?«

Die Stimmen überschlugen sich.

»Was meinen Sie damit?« wollte das Stadtoberhaupt wissen und zog die Augenbrauen hoch.

»Nun, ja, diese Kunden haben alle keine Payback Karten, wissen Sie, das sind so ganz spezielle Karten… »

»Ich weiß, was eine Payback Karte ist«, unterbrach ihn der erste Bürger der Stadt, »aber ich wusste nicht, dass ein Nichtbesitz einer solchen Karte derartige Konsequenzen nach sich ziehen kann. Was haben Sie mit den Leuten gemacht? Wo befinden sie sich?«

»Wir haben sie auf einer Ebene unter der Tiefgarage versammelt.«

»Versammelt? Ich glaube eher, sie halten sie gefangen, diese Personen, das wollen wir doch einmal klar stellen. Mein Gott, ich fasse es nicht! Sie halten Ihre Kunden gefangen, nur weil sie keine Payback Karten haben.«

»Das ist nicht korrekt, Herr Oberbürgermeister«, entgegnete der Konzernchef, »wir halten sie nicht dort fest, weil sie keine Payback Karten *haben*, sondern weil sie keine Payback Karten haben *wollen*! Das ist ein großer Unterschied.«

Der erste Bürger kratzte sich am Kopf.

»Sie *wollen* diese Karten nicht haben, diese Leute? Das ist etwas anderes.«

»Sehen Sie«, antwortete der Konzernleiter mit sichtbarer Befriedigung, »wir halten sie auch nicht dort gefangen, unter der Tiefgarage, wir haben sie dort versammelt, das ist ein großer Unterscheid; und das haben wir nur zu ihrem

Besten getan, damit sie zur Besinnung kommen. Es handelt sich um so etwas wie einen Läuterungsberg, eine Art Fegefeuer zur Zähmung dieser Widerspenstigen, wenn Sie so wollen. Diese Menschen haben aber jederzeit die Möglichkeit, wieder in paradiesische Höhen aufzusteigen, das hängt nur von ihnen selbst ab.«

Nach dem anfänglichen Entsetzen machte sich nun Erleichterung breit, gemischt mit Entrüstung. Die Ehrengäste, die zeitweise ihre Atmung eingestellt hatten, sogen wieder in tiefen Zügen die Luft ein, nach dieser einleuchtenden Erklärung.

Einige äußerten ihren Unmut.

»Na, das ist ja wohl klar, solche Menschen haben es ja nicht anders verdient. Man soll sie ruhig schmoren lassen, bis zum jüngsten Tag, sie wollen's ja nicht anders«, rief ein hochrangiger Vertreter der Kaufmannschaft.

»In der Tat, derartige Außenseiter der Gesellschaft gehören bestraft, und das nicht zu knapp«, pflichtete man ihm bei.

Im gleichen Moment drang ein furchtbarer, unmenschlich klingender Schrei durch das ganze Gebäude und erschütterte dieses bis in die Grundfesten. Voller Grauen blickten die Ehrengäste erneut den Konzernchef an.

Der zuckte nur mit den Schultern.

»Na ja, da wollte es einer nicht anders, was sollen wir machen, wir können nicht mehr als fragen, entscheiden müssen die Kunden selbst.«

»Und dieser Kunde«, fragte der erste Bürger der Stadt mit zitternder Stimme, »der hat sich entschieden?«

»Das hat er, in der Tat, aber leider gegen die Payback Karte.«

»Gegen die Payback Karte«, flüsterte der OB leichenblass, »was ist mit ihm geschehen?«

»Nun, ja, wir haben da noch eine Ebene, unter dem Läuterungsberg.«

»Noch eine Ebene? Sie meinen…Das ist ja furchtbar.«

Mit äußerster Nervosität fingerten die Ehrengäste ihre Kundenkarten heraus und streckten sie dem Konzernchef entgegen.

Plötzlich setzte erneut aus der Tiefe ein vielstimmiger Gesang ein, diesmal allerdings nicht Verdis Gefangenenchor, sondern etwas völlig anderes:

›Wir kommen alle, alle in den Himmel‹ erklang eine frohe Weise, ›weil wir so brav sind…‹

»Na, sehen Sie, meine Herrschaften, es geht doch«, schmunzelte der Konzernchef, zündete sich genüsslich eine dicke Zigarre aus Mittelamerika an und bat noch einmal um den Einsatz der Bergmannskapelle.

Diese setzte ein, noch einmal mit dem gleichen Lied:

›Glückauf, Glückauf…‹

Behaglich lehnte sich der Konzernherr zurück und blickte in die Runde; nach und nach löste sich die Beklemmung auf den Mienen der Gäste und machte entrückten Gesichtsausdrücken Platz.

Ein dreister Coup

»Und nun meine Damen und Herren«, lächelte Carmela Tomer, die charmante Moderatorin des lokalen Fernsehsenders in die Kamera, »erreicht uns soeben noch eine etwas ungewöhnliche Meldung über eine dreiste Tat, die sich vor gut einer Stunde in einem südlichen Stadtbezirk zugetragen hat.

Nach Informationen der Polizei wurde heute Morgen gegen zehn Uhr einer älteren Dame die Handtasche geraubt.

Entsprechend den übereinstimmenden Aussagen mehrerer Tatzeugen wurde die Frau, als sie im Begriff war, eine Straße zu überqueren, von hinten von einem Motorroller gestreift, wobei ihr der Fahrer des Rollers im Vorbeifahren die Handtasche entriss.

Hierbei stürzte das Opfer zu Boden, blieb einige Minuten benommen liegen, zog sich zum Glück aber keine äußeren Verletzungen zu. Dennoch erlitt die Frau einen leichten Schock und wurde daher vorsorglich in ein Krankenhaus eingeliefert.

Bei dem Täter soll es sich um eine männliche Person im Alter von«, hier stockte die Stimme der Fernsehmoderatorin und kam ins Stottern, »im Alter von – wenn ich das hier richtig lese – von schätzungsweise fünfundneunzig Jahren handeln.«

»Weitere Tatzeugen«, fuhr die Moderatorin fort, wobei sie krampfhaft bemüht war, nicht vor Lachen loszuplatzen, »sagten aus, dass der unbekannte Täter ungefähr zweihundert Meter hinter dem Tatort sein Zweirad zu stehen brachte, die Handtasche durchwühlte, irgend etwas entnahm und die Tasche danach zu Boden schleuderte.

Anschließend drehte er sich kurz zu seinem Opfer um, wobei einige Zeugen ein höhnisches Lächeln bei ihm bemerkt haben wollen, und fuhr mit hoher Geschwindigkeit in Richtung Stadtmitte davon.

Aufgrund dieser Tatsache, so die zuständige Staatsanwaltschaft, läge eine einigermaßen brauchbare Personenbeschreibung vor, nach der im Laufe des Tages eine Phantomzeichnung angefertigt werde.

Darüber hinaus, so die Staatsanwaltschaft weiter, würde die Großfahndung nach dem Flüchtigen landesweit ausgedehnt.

Meine Damen und Herren«, verabschiedete sich die Fernsehdame mit gewinnendem Lächeln, »das wär's für den Moment. Wir halten Sie selbstverständlich über die weitere Entwicklung in diesem Fall auf dem Laufenden.«

Die Nachricht von dem ungewöhnlichen Handtaschenraub schlug ein wie eine Bombe, bei alt und jung gleichermaßen, in der Stadt wie auch in den benachbarten Regionen.

Bei den Alten vor allem deshalb, weil viele von ihnen an der heutigen Jugend kein gutes Haar ließen und das bekannte Vorurteil pflegten, zu ihrer Zeit sei alles besser gewesen, und nun das; ein fünfundneunzigjähriger Handtaschenräuber, dazu noch motorisiert!

Die Jungen hingegen zeigten sich fasziniert darüber, dass hier jemand von der älteren Generation, die ihnen im Allgemeinen nur Vorhaltungen mache, mit diesem Überfall allen zeige, dass kriminelle Energie auch im biblischen Alter vorhanden sein könne.

Manch eines der frustrierten Kids brach gar in wahre Begeisterung aus:

»So einen Opa hätte ich auch gerne«, während die lokalen Printmedien eine Sondermeldung herausbrachten, mit der Überschrift:

›Opa Cool; der dreisteste Räuber der Stadt!‹

Bereits zwei Stunden später wartete die gleiche Moderatorin des Lokalsenders mit dem gleichen gewinnbringenden Lächeln mit neuen Erkenntnissen über die Missetat, welche die Stadt in Atem hielt, auf:

»Meine Damen und Herren, im sogenannten Fall ›*Opa Cook*‹ gibt es offenbar neue Erkenntnisse.

Nach Angaben der Staatsanwaltschaft handelt es sich bei dem Opfer des Handtaschenraubes um die zweiundneunzigjährige Hausfrau Herlinde S., wohnhaft im Süden unserer Stadt.

Wie die Staatsanwaltschaft weiter ausführt, hat Herlinde S. mittlerweile ihren Schock weitgehend überwunden und war auch schon zu einer Aussage gegenüber den ermittelnden Beamten, die sie im Krankenhaus aufgesucht hatten, bereit. Zum Tathergang selbst konnte sie nichts sagen, da der Unhold sie von hinten angegriffen habe, doch beim Durchsuchen ihrer Handtasche, die der Räuber zurückgelassen hatte, stellte sie sofort fest, dass vom Inhalt nichts fehlte, außer ihrem Schlüsselbund für Haus und Wohnung.

Bei dieser Mitteilung, so die offizielle Verlautbarung weiter, hätten die Beamten die Befragung sofort abgebrochen und seien unverzüglich, um Schlimmeres zu verhindern, aufgebrochen; im Moment befänden sie sich, verstärkt durch eine Hundertschaft von Polizisten, auf dem Weg zu der Wohnung der Geschädigten.

Das, meine Damen und Herren, ist der aktuelle Stand der Dinge.

Um Sie weiterhin unmittelbar auf dem Laufenden zu halten, sind wir im Moment im Begriff, vor dem Haus des Opfers eine Standleitung einzurichten, und mein Kollege Klaus Sahm wird Sie, liebe Zuschauer, sobald es etwas Neues gibt, sofort von da aus live unterrichten.

Hier im Studio aber haben wir unterdessen eine kleine ad hoc Kommission von Spezialisten, so möchte ich diese einmal bezeichnen, eingeladen, die vielleicht Auskunft auf die

Frage geben kann, die uns wohl allen am meisten unter den Nägeln brennt, die Frage, die da lautet:

Wie kommt ein fünfundneunziger Greis dazu, einer unschuldigen Frau die Handtasche zu entreißen?«

Sofort nach dieser Ankündigung setzte eine lebhafte Diskussion ein, unter den Experten, wobei zuerst der Hinweis auf die allgemeine demographische Entwicklung ins Spiel gebracht wurde.

Bezug nehmend darauf vertrat einer der Teilnehmer die These, dass eine solche Tat ja geradezu vorhersehbar war, weil dem stetig steigenden Anteil älterer Zeitgenossen im Lande immer weniger vernünftige Beschäftigungen geboten würden.

Ein anderer Fachmann nahm diesen Gedanken auf und rechnete hoch, in wie viel Jahren man mit Handtaschenräubern rechnen könnte, die bereits die Hundert überschritten hätten, während ein dritter dafür plädierte, aus diesem Grunde den Personen über neunzig, zumindest den männlichen unter ihnen, dauerhafte Fahrverbote für Motorroller zu erteilen.

Ein besonders pfiffiger Experte der Runde aber hielt sich gar nicht erst lange mit der Ursachenforschung auf, sondern bezeichnete den Handtaschenraub geradezu als genialen Coup, wenn auch unter anderem Vorzeichen:

»Wer, meine Herrschaften«, richtete er das Wort in die Kamera, »käme schon auf eine so verrückte Idee, einen derart betagten Mann als Lockvogel einzusetzen, denn das ist er ja wohl, nach Lage der Dinge. Jawohl, ich wiederhole es ungeniert, für mich ist dieser Alte der Lockvogel einer größeren Diebesbande. Sie werden sehen, wenn die Polizei in der Wohnung eintrifft, ist die Bude längst leer geräumt. Stellt sich für mich nur noch die Frage, ob die Drahtzieher nicht sogar noch älter sind, als der Lockvogel selbst...«

Sodann richtete die Expertenrunde ihr Augenmerk auf die ungewöhnliche Tatsache, dass der hoch betagte Gangster darüber hinaus die Kaltblütigkeit besaß, unmittelbar nach dem Raub, noch in Sichtweite des Tatortes anzuhalten, um in aller Ruhe die Beute zu durchsuchen.

Auch hierfür hatte der pfiffige Experte bereits eine Erklärung parat.

»Ja, meine Damen und Herren, was will uns der Räuber mit dieser Geste sagen, mit einer Geste, die er noch mit einem höhnischen Lächeln unterstrich? Die Erklärung liegt auf der Hand. ›Seht alle her, ich bin noch längst nicht abgeschrieben, ich bin noch da! Die Generation Silber lebt!‹ Das will er uns damit sagen, eindeutig und stellvertretend für eine ganze Bevölkerungsgruppe, die so manch einer, und da denke ich nicht nur an die Politiker aller Couleurs, am liebsten abschreiben möchte.«

Plötzlich wurde die Diskussion im Studio durch eine Regieanweisung aus dem Hintergrund unterbrochen.

»Meine Herren«, sagte die offensichtlich nervös gewordene Moderatorin, »soeben erhalten wir die Nachricht, dass sich vor Ort etwas tut.«

Sogleich wurde zur Außenaufnahme hinübergeschaltet, und die Kamera zeigte vor dem Haus, in welchem sich die Wohnung des Opfers befand, eine Hundertschaft von bewaffneten Polizisten in akuter Bereitschaft.

Auf den umliegenden Dächern waren Scharfschützen postiert.

Des Weiteren standen einige Notarztwagen bereit, und zusätzlich hatte man noch einige Rollstühle herbeigestellt, da man unter den Hintermännern des Coup einige Personen vermutete, die noch älter als der eigentliche Räuber selbst seien könnten.

»Hallo Carmela, hallo liebe Zuschauer daheim an den Bildschirmen«, schrie der Außenreporter ins Mikrofon, »wie ich soeben vom Einsatzleiter der Polizei erfahren habe, steht die Erstürmung des Gebäudes, in dem der Handtaschenräuber sowie weitere Hintermänner vermutet werden, in Kürze bevor. Noch ein allerletztes Mal aber soll den Gangstern eine Möglichkeit gegeben werden, sich freiwillig zu stellen.«

Gleich darauf hörte man über Lautsprecher eine barbarisch klingende Polizeistimme, die einen letzten Appell an die Vernunftbereitschaft der mutmaßlichen Diebesbande richtete:

»Hier spricht die Polizei. Das Gebäude ist umstellt. Jeder Fluchtversuch ist zwecklos. Geben Sie auf und kommen Sie heraus, mit erhobenen Händen!«

Doch auch dieser Appell verhallte ungehört. Schon wollte der Einsatzleiter zum Sturm blasen, als sich plötzlich der gesuchte Fünfundneunzigjährige an einem Fenster im Obergeschoss zeigte:

»Wollen Sie etwas von mir«, rief er mit piepsiger Greisenstimme und hielt einen Schlüsselbund sichtbar in die Höhe, »suchen Sie den vielleicht? Das ist Herlindes Schlüsselbund. Ich hatte meinen heute morgen beim Verlassen des Hauses vergessen, und irgendwie musste ich doch wieder rein, in die Bude.«

Die Polizeibeamten fassten sich an den Kopf.

»Und darum haben Sie Ihre Frau überfallen und ihr die Handtasche geraubt, wie ein gemeiner Straßenräuber? Warum haben Sie Ihre Frau denn nicht gebeten, Ihnen ihre Schlüssel zu geben?«

»Da kennen Sie meine Herlinde schlecht«, verzog der Alte das Gesicht, »ausgelacht hätte sie mich, aber den Schlüssel hätte ich nicht von ihr gekriegt.«

»Das gibt's doch gar nicht!«

»Warten Sie mal ab«, knurrte der Alte verächtlich, »wenn Sie mal solange verheiratet sind, wie ich, da schenkt man sich nichts mehr…«

Während Polizei und Staatsanwaltschaft unverzüglich die Erstürmung des Hauses abbrachen, löste sich ebenso schnell die Expertenrunde im lokalen Fernsehsender auf.

Die Fernsehmoderatorin Carmela Tomer aber, so wurde später berichtet, erlitt einen mittelgroßen Schock, da sie in dem Gesuchten ihren eigenen Tanzpartner aus dem Salsakurs erkannt habe.

Für den ›*Handtaschenraubgreis*‹, wie er nun von allen genannt wurde, hatte die ganze Sache noch ein Nachspiel: Zur nicht geringen Freude seiner Herlinde »brummen soll er, richtig brummen« fand er trotz seines hohen Alters keine milden Richter und wurde wegen der einmaligen Dreistigkeit seiner Tat zu einer Freiheitsstrafe von zweieinhalb Jahren ohne Bewährung verurteilt.

Diese Strafe wird er in Kürze antreten. Eine Sorge bleibt ihm dann allerdings erspart; dass er wieder seine Schlüssel vergisst, denn dort, wo er sich dann befindet, wird ihn jemand auf Schritt und Tritt mit einem Schlüssel begleiten…

Verdammt lang her

Zaghaft klopfte es an die Tür.

»Herein«, rief Ernst Jobst, der Sachbearbeiter des Straßenverkehrsamtes in jovialem Tonfall, »wenn's kein Schneider ist.«

Vorsichtig öffnete sich die Tür und herein trat ein kleines hutzeliges Männlein, etwa Mitte Siebzig, gefolgt von einer ebenso kleinen hutzeligen Frau im gleichen Alter.

»Dürfen wir wirklich hinein?« fragte die beiden und blieben mitten im Raum erst einmal stehen.

»Ja, selbstverständlich«, wunderte sich Ernst Jobst, »was für eine Frage. Sie sind doch schon hier drin. Treten Sie doch näher und nehmen Sie Platz.«

»Ich meine nur«, druckste der Mann, »na, ja, weil wir Schneider heißen. Robert und Ute Schneider; Ute, das ist meine Frau.«

Der Sachbearbeiter verstand nicht auf Anhieb; erst, nachdem die beiden Alten vor ihm saßen, ging ihm ein Licht auf und er musste lachen.

»Ach so«, drohte er Herrn Schneider scherzhaft mit dem Finger, »Sie sind mir aber ein ganz Gewitzter, was?«

Der ganz Gewitzte errötete, und mit ihm seine Frau Ute.

»Was kann ich denn für Sie tun, meine Herrschaften?« wollte der Sachbearbeiter wissen.

Herr Schneider räusperte sich verlegen.

»Na, ja, wir sind nicht von hier und wir kommen in einer recht ungewöhnlichen Angelegenheit. Eigentlich ist das ja eher eine Sache für die Polizei, und so dachten wir zuerst auch und waren dort schon vorstellig, doch die haben uns zu Ihnen geschickt, zuständigkeitshalber.«

»Donnerwetter, Sie waren sogar schon bei der Polizei. Was muss das denn für eine ungewöhnliche Sache sein, dass die Polizei die nicht selbst klären kann und Sie zu mir schickt. Die wissen doch sonst immer alles, die Burschen. Haben Sie etwa ein Auto gestohlen?« lachte er.

»Das nicht«, beeilte sich der Alte zu versichern, »eher das Gegenteil, nicht wahr Ute?«

Ute nickte.

»Das Gegenteil? Ist Ihnen etwa Ihr Auto gestohlen worden? Dafür ist dann doch die Polizei zuständig. Oh, diese Lümmel, immer wälzen sie alles ab.«

»Das auch nicht. Gestohlen worden ist unser Auto nicht gerade, doch es ist nicht mehr da.«

»Es ist nicht mehr da? Wie soll ich das verstehen?«

»Wir können es einfach nicht mehr wiederfinden, unser Auto. Wir haben gesucht und gesucht, in der ganzen Stadt, doch wir können es einfach nicht mehr wiederfinden.«

»Also ist es doch Sache der Polizei«, ärgerte sich der Sachbearbeiter, »wenn Sie Ihr Auto irgendwo geparkt haben und es nicht mehr wiederfinden, ist das in erster Linie eine Angelegenheit der Ordnungshüter und nicht meine. Sie sind hier auf dem Straßenverkehrsamt. Verdammt, ich könnte sie irgendwo hintreten. Nicht Sie, ich meine die Polizisten, die Sie hierher geschickt haben, aber so weinen Sie doch nicht!«

Die beiden Alten brachen tatsächlich in ein hemmungsloses Schluchzen aus, ein Schluchzen, das selbst Ernst Jobst, den knallharten Sachbearbeiter, nicht kalt ließ.

»Wissen Sie noch, auf welcher Polizeiwache Sie waren. Ich rufe da mal an.«

»Nein, nein«, flehten die beiden Alten unisono, »es ist ja unsere Schuld, und die Polizisten kamen uns ja schon sehr entgegen, doch sie sagten, da hätten wir uns einfach eher melden müssen, da könnten sie uns nun auch nicht mehr helfen. Die einzige Möglichkeit, die sie noch sahen, war das Straßenverkehrsamt, und deswegen sind wir jetzt bei Ihnen.«

»Ich verstehe nicht ganz. Was heißt, Sie hätten sich eher melden müssen? Wie lange suchen Sie Ihren Wagen denn schon?«

»Seit genau fünfzig Jahren.«

»Was???«

»Das ist es ja gerade«, erklärte der Alte mit weinerlicher Stimme, »wir hätten uns sicher eher melden sollen, da hat die Polizei schon recht, deswegen haben sie uns ja hierhin geschickt, die einzige Stelle, haben sie gesagt, wo man vielleicht noch was rauskriegen kann.«

»Noch was rauskriegen kann?« fasste sich Ernst Jobst mit beiden Händen an den Kopf. »Sie wollen mir doch nicht weismachen, dass Sie vor fünfzig Jahren Ihr Auto irgendwo in dieser Stadt geparkt haben und es seitdem suchen? Das gibt's doch gar nicht! Was soll ich denn da Ihrer Meinung nach noch rauskriegen?«

Die beiden Alten standen vor dem nächsten Weinkrampf.

»Nicht weinen, ich bitte Sie«, flehte Ernst Jobst, »beruhigen Sie sich doch, erzählen Sie mal, ganz in Ruhe. Was ist denn damals genau passiert, vor fünfzig Jahren?«

Während dem Mann noch die Tränen über die Wangen liefen, ergriff seine Frau das Wort.

»Vor genau fünfzig Jahren haben wir unsere Hochzeitsreise angetreten, nach Paris, mit dem Auto, mein Robert hatte gerade frisch seinen Führerschein.«

Dankbar drückte Robert seiner Ute die Hand.

»Und auf unserer Hochzeitsreise damals«, fuhr die Frau fort, »auf dem Weg nach Paris, da haben wir einen kleinen Abstecher gemacht, in diese Stadt, die wollten wir immer schon einmal kennenlernen. Und da haben wir hier irgendwo geparkt, mitten in der Stadt, und uns leider die Straße nicht gemerkt, und als wir von unserem Rundgang zurückkamen, haben wir das Auto gesucht und gesucht, und nicht gefunden. Wir haben dann hier sogar übernachtet, obwohl wir längst schon in Paris erwartet wurden, und selbst am nächsten Tag haben wir noch ein Weilchen weiter gesucht, doch das Auto, wir haben es einfach nicht mehr gefunden. Da sind wir am Nachmittag schließlich mit dem Zug weitergefahren, zu unserem Hochzeitsquartier in das Pariser Hotel, wir waren doch auf Hochzeitsreise.«

Der Sachbearbeiter verstand die Welt nicht mehr.

»Sie sind einfach weitergefahren, mit dem Zug, ohne sich um den Verbleib Ihres Wagens zu kümmern?«

»Da hatten wir doch keine Zeit mehr zu. Wir hatten doch schon eine Nacht verplempert.«

»Und bei der Polizei haben Sie sich auch nicht gemeldet, damals?«

»Ehrlich gesagt«, meldete sich nun der Ehemann zu Wort, »wir haben uns damals so geschämt, vor allem ich, ich habe mich so geschämt. Gerade erst hatte ich den Führerschein, und dann finden wir plötzlich unser Auto nicht mehr, was meinen Sie, wie die Polizei sich da amüsiert hätte?«

»Und dann, wie ging's dann weiter?«

»Dann haben wir zwei herrliche Wochen in Paris verbracht und ehrlich gesagt, nicht mehr so sehr an das Auto gedacht.«

»Nicht mehr so sehr an das Auto gedacht?!«

Der Sachbearbeiter des Straßenverkehrsamtes, Ernst Jobst, dessen berufliche Tätigkeit zu neunzig Prozent mit Autos zu tun hatte, verdrehte die Augen.

»Nun, ja, wir hatten halt etwas anderes im Sinn, auf unserer Hochzeitsreise, und dazumal noch in Paris.«

»Und dann, als die Flitterwochen vorbei waren? Irgendwann mussten sie ja mal zu Ende sein. Haben Sie da wenigstens wieder an Ihren Wagen gedacht?«

»Gedacht schon, aber nichts mehr unternommen«, antwortete Herr Schneider.

»Nichts mehr unternommen? Was soll das heißen?«

»Wir sind mit dem Zug nach Hause gefahren und haben zuhause erzählt, der Wagen sei uns gestohlen worden, hier in dieser Stadt, doch wir hätten wenig Hoffnung, ihn jemals wiederzukriegen. Es war ja auch kein neuer, sondern ein ziemlich alter Wagen.«

»Sie haben zuhause erzählt, der Wagen sei gestohlen worden? Haben Sie das auch der Versicherung so erzählt?«

»Nein, nein, um Gottes Willen. Wir wollten doch keinen Versicherungsbetrug begehen. Außerdem hätten wir von denen sowieso nichts ersetzt gekriegt, das Auto war ja nicht mehr viel wert.«

Ernst Jobst wollte nicht glauben, was er da hörte.

»Wollen Sie damit sagen, dass Sie sich danach gar nicht mehr um Ihr Fahrzeug gekümmert haben?«

»Nicht die Bohne! Das hatten wir abgeschrieben.«

»Nicht die Bohne? Das darf doch nicht wahr sein. Ja, und später. Haben Sie denn nie mehr etwas von dem Wagen gehört?«

»Nie mehr. Zuerst haben wir gedacht, er steht noch so da, wo wir ihn abgestellt haben, später dachten wir, dass man ihn wohl zwischenzeitlich gestohlen haben könnte, und dann haben wir aufgehört, an ihn zu denken. Ist ja auch schon so verdammt lang her!«

»Das können Sie laut sagen, ganz laut. Ich verstehe allerdings immer noch nicht, was Sie hier bei mir wollen, heute, wo das doch schon so verdammt lang her ist, wie Sie selbst sagen. Meinen Sie, der Wagen steht heute noch da, wo sie ihn einst vergessen haben?«

»Nun ja, wir sind jetzt auf einer Erinnerungsreise, wieder nach Paris, wie vor fünfzig Jahren, allerdings nicht mit dem Auto, sondern mit dem Zug, weil es so viel bequemer ist. Natürlich glauben wir im Grunde auch nicht mehr ernsthaft daran, unser altes Auto noch wiederzufinden, nach so langer Zeit, doch wie heißt das alte Sprichwort so schön: *Die Hoffnung stirbt zuletzt.*«

Der Sachbearbeiter konnte nicht mehr an sich halten; er prustete los vor Lachen.

»Das ist gut, das ist gut, das muss ich mir merken. So was gibt's ja gar nicht. Sie sind mir aber ein herrliches Paar, wenn es Sie nicht gäbe, müsste man Sie erfinden.«

Die beiden Alten ließen sich von seinem Lachen anstecken, und bald ertönte ein Gelächter in dem Raum, wie man es seit Einrichtung des Straßenverkehrsamtes dort wohl noch nie vernommen hatte.

»Ja, meine Herrschaften«, zwinkerte Ernst Jobst schließlich dem Ehepaar Schneider zu, »Ihr Auto, das können Sie wohl wirklich mit Fug und Recht abschreiben, doch ich könnte etwas anderes für Sie tun.«

»So? Was denn, bitte?«

»Warten Sie's ab«, erwiderte der Sachbearbeiter und griff zum Telefonhörer.

Sodann schilderte er einem befreundeten Redakteur der lokalen Presse das soeben Gehörte, mit allen Einzelheiten, wobei er immer wieder von heftigen Lachanfällen unterbrochen wurde.

»Na, wär' das nichts für euch, Heinz Rudolf, ihr sucht doch immer nach solch skurrilen Begebenheiten?«, schloss er seine Erzählung.

Zwei Tage später stand in allen Zeitungen, lokal wie auch überregional, zu lesen:

›*Die Hoffnung stirbt zuletzt; Ehepaar sucht seit fünfzig Jahren sein Auto.*‹

Doch nicht nur in den Printmedien, auch in Funk und Fernsehen war man auf diese interessanten Eheleute aufmerksam geworden und reichte sie mit großem Erfolg von Talk-Show zu Talk-Show weiter.

Den Höhepunkt aber erreichte das ganze Spektakel in einer Galasendung einer Öffentlich Rechtlichen Fernsehanstalt an einem Samstagabend zur Hauptsendezeit, bei der dem mittlerweile berühmten wie beliebten Ehepaar die Schlüssel zu einem nagelneuen Kleinwagen überreicht wurden, gesponsert von einem großen Autohaus *der* Stadt, in der sie einst ihren alten Wagen stehen gelassen hatten.

Als die Eheleute Schneider sich am nächsten Morgen mit dem neuen Wagen unter dem Applaus zahlreicher Schaulustiger auf den Heimweg machten, kamen sie nicht weit.

Bereits nach zwei Straßenzügen wurde Robert, der den Wagen steuerte, dermaßen von einem Lachkrampf geschüttelt, dass er anhalten musste.

»Na, Schatz, wie haben wir das gemacht? Ein nagelneuer Wagen, ist das nichts? Das hat sich doch wohl gelohnt.«

»Und das Dollste daran ist«, pflichtete ihm Ute unter Tränen bei, Tränen des Lachens, »kein Mensch hat es für nötig gehalten, unsere Story zu prüfen oder sonst irgendwas zu recherchieren, die haben nichts, aber auch nichts nachgeprüft.«

Nach einer kleinen Pause stiegen sie wieder in den Wagen; die Frau schaltete das Radio ein.

Eine Rheinische Band spielte:

›*Verdamp lang her*‹

und Robert und Ute Schneider sangen aus vollen Kehlen mit.

Die geschenkte Nacht

Damit hatte Ernst Rocketal nun wirklich nicht gerechnet, als er die Post öffnete.

»Schau mal, Gerda«, rief er vergnügt, »was ich zum Geburtstag geschenkt bekomme.«

Seit Tagen schon liefen die Vorbereitungen für den runden Geburtstag, seinen sechzigsten, auf Hochtouren, und nun war es endlich soweit; am selben Abend sollte es starten, das große Fest, in einem nahegelegenen Restaurant. Seit Tagen trafen auch schon Glückwunschkarten und Briefe aller Art ein, doch mit einem solch außergewöhnlichen Geburtstagsgruß, verbunden mit einem ungewöhnlichen Geschenk, hatte er im Traum nicht gerechnet.

Schon seit einigen Jahren verbrachte er regelmäßig ein paar Urlaubstage mit seiner besseren Hälfte in einer Ferienwohnung im Gebirge, in einem hübschen Kurort. Von Beginn an hatten ihm wie auch seiner Frau diese Urlaubstage dort so gut gefallen, dass sie in diesem Fall übereinstimmend von einer eisernen Regel Abstand nahmen; niemals zweimal an den gleichen Urlaubsort, hatten sie sich zu Anfang ihrer Ehe geschworen, bis, ja bis sie diesen entzückenden Ort mit der ebenso entzückenden Ferienwohnung kennen gelernt hatten.

Seitdem fuhren sie immer wieder dorthin, alle vier Jahreszeiten hatten sie nun schon dort verbracht, sodass sie sich innerhalb kurzer Zeit ein umfangreiches Bild vom Ort und der Region machen konnten.

Darüber hinaus, und das wog für beide fast noch mehr, sagte ihnen die Betreuung ihres Feriendomizils außerordentlich zu, so etwas hatten sie in früheren Ferien noch nicht erlebt.

Nicht nur, das alles adrett und sauber gehalten war, das konnte man natürlich voraussetzen, nein, es strahlte alles sozusagen im Glanze, doch das alles war nichts gegen die erfrischende natürliche Herzlichkeit, mit der sie ein jedes Mal empfangen wurden, von der Vermieterin selbst, welche sich rührig um alles, gar die geringsten Kleinigkeiten kümmerte.

Mit dieser Vermieterin hatten die Rocketals ein überaus herzliches Verhältnis, das an Freundschaft grenzte, soweit, dass man zuweilen gemeinsam mit ihr und ihrem Mann den Abend verbrachte.

Gleichwohl war Ernst doch ziemlich überrascht, als er das Geschenk aus dem Urlaubsort in Händen hielt. Für den bevorstehenden Sommer hatte er erneut diese Wohnung gebucht, für eine Woche, und nun bot ihm ›seine Vermieterin‹ an, statt der zu zahlenden sieben Übernachtungen brauche er diesmal nur sechs zu entrichten.

»Sie schenkt mir eine Nacht, Gerda«, rief er voller Freude.

Gerda teilte die Freude nicht sofort.

»Wer schenkt dir eine Nacht?« fragte sie misstrauisch, doch als sie das Angebot las, war sie gleich wieder beruhigt und freute sich mit ihm. Immerhin, dachte sie, eine Nacht ist eine Nacht, und das bekommt der Haushaltskasse gar nicht schlecht. Doch während sie noch in Gedanken damit beschäftigt war, das gesparte Geld anderweitig zu verplanen – ein neuer Hut ständ' mir gut, im Urlaub – bemerkte sie eine dicke Sorgenfalte auf der Stirn ihres Ehemannes.

»Was hast du denn«, rief sie, »freust du dich denn nicht? Es ist schließlich *dein* Geburtstagsgeschenk.«

»Das ja, Gerda Schatz, ich freue mich ja auch, doch ich überlege gerade, *welche* Nacht sie mir geschenkt hat, unsere edle Vermieterin.«

»Was meinst du damit? Was heißt hier welche Nacht?«, regte sich sofort wieder das Misstrauen bei Gerda. Gab es da etwas, was er ihr verheimlichte?

»Na ja, sie hat mir doch geschrieben, sie schenkt mir eine Nacht, zu meinem Geburtstag…«

»Wie sich das anhört« unterbrach ihn seine bessere Hälfte empört, »sie schenkt mir eine Nacht. Nein, nein, mein Lieber, komm' auf den Teppich, so hat sie das nicht geschrieben. Lies mal genau deine Glückwunschkarte. Da steht nur drin, dass du statt sieben Übernachtungen eine weniger zu zahlen hast. Sieben Tage buchen, sechs bezahlen, so was steht in jedem Sparangebot.«

»Nun ja, Gerda, ich wollte doch nur wissen, *welche* von den sieben Nächten die kostenlose Nacht ist.«

»Wie bitte?« Gerda bekam einen Lachanfall »mein Gott, Ernst, bist du denn verrückt geworden? Du hast ein Angebot oder meinetwegen ein Geschenk bekommen, zu deinem Sechzigsten, dass du von sieben Übernachtungen nur sechs bezahlen musst, das ist alles. Willst du jetzt genau wissen, welche Nacht das ist, du Pendant, die von Montag auf Dienstag vielleicht, oder die von Donnerstag auf Freitag beispielsweise? Soll sie dir das schriftlich geben? Du spinnst doch wohl!«

»Du hast ja Recht«, versuchte Ernst sein Weib zu beschwichtigen, »doch du weißt ja, dass ich als romantisch veranlagter Mann mir so meine Vorstellungen mache. Ich meine damit, da wir ja eine Nacht nicht bezahlen müssen, da sollten wir uns doch auch diese Nacht aussuchen, die wir als geschenkte Nacht feiern wollen.«

»Ach so meinst du das, Ernst, Schatz.« Gerda hatte verstanden, und ihre Augen bekamen einen gewissen Glanz.

»Soll ich mir ein neues Neglige zulegen, ein feuerrotes?«

»Ja, Gerdamaus, in dieser Nacht will ich dich verwöhnen!«

»Normalerweise solltest du mich in jeder Nacht verwöhnen, Ernst«, stellte Gerda nüchtern fest, »schließlich bist du mein Mann und hast gewisse Pflichten; Pflichten, die du mir vor Urzeiten feierlich versprochen hast. Na, ja, aber ich sehe es ja ein, was soll ich da noch viel verlangen; in deinem Alter, da muss man schon gewisse Abstriche machen.«

»Du bist genauso alt«, antwortete Ernst beleidigt.

»Das stimmt nicht, du bist ein Jahr älter, und das macht sich gerade jetzt deutlich bemerkbar. Du bist sechzig und gehörst damit zu den Alten, ich aber gehöre immer noch zu den interessanten Fünfzigern.«

»Aber nicht mehr lange«, stellte Ernst trocken fest und bückte sich schnell, um Gerdas Pantoffel auszuweichen. »Gerda, lass das bitte!«

»Also gut«, schlug die Frau vor, »ich nehme dich beim Wort. Wir werden im nächsten Urlaub eine Nacht zum Tage machen, und das ist dann die geschenkte Nacht. Was hältst du von Samstag auf Sonntag?«

»Aber da haben wir doch gerade die lange Anfahrt hinter uns«, protestierte Ernst, »und außerdem, eine Nacht zum Tage machen, daran hatte ich nun nicht direkt gedacht, schließlich sind wir beide keine zwanzig mehr.«

»Soso, das hältst du also auch nicht mehr durch«, lachte Gerda, »ich glaube, es wird Zeit, dass ich dich gegen was Jüngeres eintausche. Aber im Ernst, Ernst, da gebe ich dir Recht, direkt nach der langen Anfahrt, gleich am ersten Abend, das wäre wohl keine so gute Idee. Ich schlage vor, wir entscheiden vor Ort, wann wir die Nacht zum Tage machen werden, oder wenigstens ansatzweise zum Tage machen.«

»Endlich mal ein vernünftiger Gedanke von dir, Gerda«, entgegnete ihr Mann und wollte schon dem zweiten Pantoffel ausweichen, als Gerda diesen wieder hinlegte.

»Apropos, vernünftiger Gedanke, es gibt noch genug zu tun, für heute, bis die Gäste kommen. Auf geht's, Ernst, wir müssen uns sputen.«

Als das Ehepaar Rocketal sich nach überstandener Geburtstagsfeier zwei Wochen später mit dem Auto auf die Reise begab, da machten sie in der Tat gleich die erste Nacht zum Tage, und das nicht nur ansatzweise, allerdings nicht gerade so, wie sie sich das vorgestellt hatten. Zuerst gerieten sie unterwegs in einen mehrstündigen Stau, und als sie diesen endlich überwunden hatten, am späten Nachmittag, da streikte der Wagen. Keine große Sache, teilte ihnen der freundliche Monteur vom Pannennotdienst mit, das kann jede vernünftige Autowerkstatt binnen kurzer Zeit reparieren. Zu diesem Zeitpunkt aber waren alle vernünftigen Autowerkstätten bereits geschlossen. »Soll ich Sie abschleppen, zur nächsten Werkstatt, oder wollen Sie selbst morgen da anrufen, die haben auch einen Abschleppdienst?«

Gerda und Ernst ließen sich die Telefonnummer von der Werkstatt geben und beschlossen, kein Hotelzimmer zu nehmen, sondern bis zum nächsten Morgen im Wagen zu übernachten, auf dem Autobahnparkplatz. Zuvor riefen sie die Vermieterin ihrer Ferienwohnung an, teilten dieser ihr Missgeschick mit und baten sie, sich keine Sorgen zu machen, sie würden im Laufe des nächsten Tages ankommen. Die gesamte Nacht aber taten beide so gut wie kein Auge zu, und ihre grimmigen Mienen ließen nicht darauf schließen, dass sie sich auf der Fahrt in den Urlaub befanden.

Als sie am nächsten Tag um die Mittagszeit am Urlaubsort eintrafen, wurden sie von ihrer Vermieterin wegen ihrer strapaziösen Anreise hinreichend bedauert.

»So ein Pech aber auch; da haben Sie ja schon einiges hinter sich, da trifft es sich ja gut«, zwinkerte sie mit den Augen, »dass Sie dieses Mal eine Nacht gespart haben.«

Daran hatten Gerda und Ernst gar nicht mehr gedacht; mit gequältem Lächeln bedankten sich noch einmal für das großzügige Geschenk. Dann aber hatten sie nur noch einen Wunsch; ausgiebig zu schlafen. Gerda packte gar nicht erst die Koffer komplett aus, und so blieb das feuerrote Neglige, wo es war; sogleich begaben sie sich zu Bett, um erst am nächsten Morgen um fünf in der Frühe aufzuwachen.

Um diese Zeit waren sie normalerweise nie wach, und schon gar nicht im Urlaub, doch sie beschlossen, aus der Not eine Tugend zu machen, eine zünftige Bergtour bot sich geradezu an; das Wetter spielte mit, herrlicher Sonnenschein, was will man mehr?

Um die Mittagszeit, in luftiger Höhe, blickte Gerda ihrem Mann während der Brotzeit tief in die Augen.

»Du hast mir was versprochen!«

»Sollen wir, Gerdamaus, gleich hier?«

»Aber hier doch nicht, Schatz, dafür sind doch die Nächte da!«

»Heute Nacht oder nie«, jubelte Ernst und stieß einen Jodler aus, dass die Kühe auf den umliegenden Wiesen vor Schreck zusammenfuhren.

Während des gesamten Almabstiegs steigerte sich bei Ernst die Vorfreude auf den Abend dermaßen, dass er nur noch feuerrote Negliges im Sinn hatte. Als sie am Nachmittag an ihrer Ferienwohnung eintrafen, gewahrten sie die Vermieterin vor dem Haus.

»Überraschung«, rief sie, »mein Mann und ich hatten gedacht, Sie heute Abend mitzunehmen, aber nur wenn Sie Lust haben, zum großen Heimatabend, da wird die Nacht zum Tag gemacht, beim Wettjodeln.«

Ernst stieß innerlich erneut einen Jodler aus, der alle Chancen auf einen der vorderen Plätze bei dieser Veranstaltung gehabt hätte, doch dieser Jodler war absolut nicht von Freude geprägt. Gleichwohl stimmte er zu, gemeinsam mit seiner besseren Hälfte, denn so etwas konnte man ja nicht abschlagen.

Am Wettjodeln nahm Ernst allerdings nicht teil, stattdessen lieferte er sich mit dem Ehemann der Vermieterin ein Wettsaufen, bei dem er zweiter Sieger blieb.

Schwer angeschlagen gelangte er am Arm seiner gar nicht erfreuten Gattin in den frühen Morgenstunden zu Hause an, und fiel, so wie er war, ins Bett, um sofort brutal loszuschnarchen, während seine Gerda wutschnaubend ihr Nachtlager im Wohnzimmer aufschlug.

Das Neglige aber blieb unbenutzt im Schrank.

Schweigend saßen sie sich gegenüber, am nächsten Morgen, beim Frühstück, das Ernst absolut nicht schmecken wollte. Dann aber legte Gerda los und hielt ihrem Mann vor, nicht nur zu tief ins Glas, sondern auch noch in die Ausschnitte verschiedener Jodlerinnen geblickt zu haben. Ernst beteuerte, sich darin gar nicht erinnern zu können, doch Gerda schenkte ihm keinen Glauben.

Wortlos beendeten sie das Frühstück und brachen mit grimmigen Mienen zu einem Spaziergang auf, der bereits nach wenigen Metern ein Ende fand, da sie sich nicht einigen konnten und verschiedene Richtungen anstrebten. Während Ernst zerknirscht zurück lief, um zu Hause seinen Brummschädel erneut in die Kissen zu werfen, schlenderte Gerda missgelaunt ins Ortszentrum, zum Shopping.

Als sie am späten Nachmittag heimkehrte, setzte sich das große Schweigen fort; mit düsteren Gesichtern saßen sie vor dem Fernseher und nahmen beide nicht so recht wahr, was da gesendet wurde, da sie zu sehr mit ihren eigenen Gedanken beschäftigt waren. Um zehn Uhr abends wünschte Gerda ihrem Mann spitz eine gute Nacht, während Ernst sich seufzend noch einen Schlaftrunk einschenkte.

So verging auch die vierte von sieben Nächten, ohne dass Gerdas Neglige zum Einsatz kam.

Am nächsten Morgen jedoch erfolgten zaghafte Annäherungsversuche von beiden Seiten. Gerda und Ernst sahen ein, dass es so nicht weitergehen konnte, schließlich befand man sich doch im Urlaub, auf den man sich schon solange gefreut hatte. Ihre Unterhaltung nahm Formen an und wurde immer lebhafter und fröhlicher, sodass nach dem Frühstück sogar Kosenamen benutzt wurden.

Demonstrativ nahm Gerda das Neglige aus dem Schrank und legte es ausgebreitet aufs Bett.

»Heute kommst du mir aber nicht davon«, drohte sie scherzhaft.

Ernst lächelte glückstrahlend.

»Was machen wir denn heute, Schatz?« flötete sie wie in alten Zeiten.

»Ich würde vorschlagen«, flötete ihr Gatte nicht minder zurück, »dass wir einen Ausflug machen, aber nicht mit dem Wagen, sondern mit dem Bus, da haben wir beide mehr davon, bis ins benachbarte Tal, und von dort aus machen wir eine schöne Bergwanderung. Das ist eine Gegend, die kennen wir noch gar nicht.«

»Welch gute Ideen mein Schatz doch immer hat«, zeigte Gerda sich begeistert.

So brachen sie denn auf, mit dem Bus und ließen das Auto zuhause. Ernst hatte den Vorschlag nicht ganz ohne Hintergedanken gemacht, konnte er doch, da er nicht selbst fahren musste, das eine oder andere Glas Gerstensaft trinken.

Seine Frau hatte zwar auch einen Führerschein, lehnte es aber ab, im Gebirge zu fahren, weil sie Serpentinenkurven hasste, wie sie sagte.

Ernst und Gerda verbrachten einen wunderschönen Tag in einer ihnen bisher unbekannten Bergwelt, doch als sie abends zurückkehrten, an die Bushaltestelle, mussten sie zu ihrem Bedauern feststellen, dass um diese Zeit kein Bus mehr fuhr, für den Rest des Tages.

Schon wollten beide beginnen, sich gegenseitig vorzuwerfen, den Fahrplan nicht richtig gelesen zu haben, doch im Hinblick auf das daheim aufgeschlagene Neglige hielten sie sich zurück und bestellten ein Taxi.

Der Taxifahrer, ein junger Mann mit ausgezeichneten Manieren, half Gerda und auch Ernst derart galant in den Wagen, dass sie den Eindruck hatten, sie kämen von einem Opernball.

Während der Fahrt stellte es sich heraus, dass er nicht nur exzellente Manieren, sondern ebensolche Fahrkünste besaß und diese ausgiebig einzusetzen wusste.

So jagte er denn mit der einen Hand am Steuer, in der anderen das Mobiltelefon, derart schnell durch die schöne Bergwelt, dass die Eheleute permanent von einer Ecke in die andere geschleudert wurden und ihnen hierbei Hören und Sehen verging.

Während Ernst diese Berg- und Talrallye, wenn auch mit weichen Knien, so doch einigermaßen unversehrt überstand, fiel sein Weib, daheim angekommen, fast aus dem Auto und wankte mit letzter Kraft in die Wohnung direkt durch bis zur Toilette und verließ diese nicht mehr, bis spät in die Nacht.

Voller Enttäuschung nahm Ernst Gerdas Neglige und hängte es in den Schrank zurück.

Der nächste Ferientag brachte zunächst keine Besserung in Gerdas Befinden, doch als Ernst vorschlug, einen Arzt zu holen, lehnte sie entschieden ab.

»Um Gottes Willen, doch keinen Arzt, im Urlaub!«

So blieb ihm nichts anderes übrig, als zur Apotheke zu laufen, um verschiedene rezeptfreie Arzneien zu besorgen, die Gerda ihm genannt hatte. Als er gegen Mittag mit der Medizin zurückkehrte, traf er an der Haustür auf die Vermieterin.

»Sie hier, Herr Rocketal«, zeigte sie sich erstaunt, »um diese Zeit und bei dem schönen Wetter? Ich dachte, Sie wären in die Berge aufgebrochen.«

»Da haben wir gestern getan.«

Ernst berichtete ihr in knappen Worten vom gestrigen Tagesausflug und den nicht vorausgeahnten Folgen.

»Und jetzt liegt Ihre Frau zu Bett? Die Ärmste. Und Medizin haben Sie auch schon besorgt? Sie Städter! Um Gottes

Willen, Herr Rocketal, hier brauchen wir doch nicht so ein Zeugs, da habe ich was viel Besseres!«

Flugs eilte die hilfsbereite Vermieterin zu ihrem Auto und kehrte mit einem ›Spezialmittel‹, wie sie es nannte, zurück.

»Das hier nimmt man bei uns in den Bergen. Hilft in allen Fällen! Nicht umsonst werden die Menschen bei uns so alt, ohne je eine Apotheke von innen gesehen zu haben.«

Das, was nach ihrer Meinung in den Bergen in allen Fällen half, entpuppte sich als hochprozentiges alkoholisches Getränk, und in der Tat trat bei Gerda Rocketal schon nach einigen gemeinsam mit der Vermieterin genossenen Gläschen eine erhebliche Besserung ein. Fröhlich prosteten sich die Damen zu, und nach weiteren fünf Gläschen stimmten sie zusammen das Lied von den Bergvagabunden, die sonnige Höhen erklimmen, an.

Als Ernst sah, welch phantastische Wirkung dieses ›Spezialmittel‹ bei seiner besseren Hälfte erzielte, wollte auch er teilhaben an dieser schnellen Heilung, doch abrupt wurde er von seiner Gerda gebremst.

»Du bist nicht krank, mein Schatz«; beschied sie ihm, »und außerdem, einer muss schließlich meine reizende Retterin nach Hause bringen.«

Während die Damen sich in immer sonnigere Höhen sangen, sah Ernst mit missmutiger Miene seine Felle schwimmen, in Bezug auf die Nacht der Nächte; wie es aussah, würde er diese für heute wohl auch abschreiben können.

Und genauso geschah es; Stunden später erst gelang es ihm mit Müh und Not die singende Vermieterin aus der Wohnung zu bugsieren und sie wohlbehalten bei ihrem staunenden Ehemann abzuliefern.

Als er zurückkehrte, lag Gerda bereits wieder im Bett, ohne Neglige, und schnarchte fürchterlich.

Verärgert setzte er sich vor den Fernseher, und zum ersten Mal in seinem Leben schaute sich Ernst Rocketal, dieser hartgesottene Ehemann, einen Liebesfilm an.

Am letzten Ferientag fühlte sich Gerda trotz des reichlichen Schnapsgenusses einigermaßen fit. ›Da scheint doch etwas dran zu sein, an diesem Spezialmittel‹, dachte ihr Mann erstaunt und nahm sich vor, einige Flaschen davon mit nach Hause zu nehmen.

Der Ärger vom Vortage war verraucht.

Ein sonniger Tag stand bevor, ihr letzter Ferientag, wie geschaffen für einen Ausflug in die nahen Berge.

Gesagt, getan, früh am Morgen machten sie sich auf, zu einer Wanderung in die nähere Umgebung, und es wurde ein sehr schöner Ausflug.

Als sie am Nachmittag zurückkehrten und Gerda sich daran machte, die Koffer zu packen, hatten sie beide den gleichen Gedanken.

»Soll ich das Neglige einpacken, Schatz, was meinst du?«

»Bloß nicht«, drohte Ernst scherzhaft mit dem Finger, »das brauchen wir noch.«

Gerda strahlte.

Zum Abend suchten sie ein schönes Restaurant auf, zum Abschiedsmahl. Auf dem Tisch brannten Kerzen.

Nach dem Essen schlenderten sie Hand in Hand, was sie seit Jahr und Tag nicht mehr getan hatten, nach Hause.

Gerade, als Gerda das verführerische Neglige angelegt hatte, ging es los.

Zuerst ein fürchterlich heller Blitz, kurz darauf ein furchtbar lauter Donner; das Gewitter schien direkt über ihrem Haus zu stehen.

Wer einmal im Gebirge Urlaub gemacht hat, wird sie nie vergessen, diese aus dem Nichts auftauchenden Gewitter.

Voller Angst klammerte sich Gerda an ihren Mann. Während sich bei ihm sofort etwas regte, was auf bevorstehende

Freuden hinwies, war seine bessere Hälfte zu keiner weiteren Regung fähig.

»Doch nicht jetzt, Ernst«, jammerte sie, »ich kann bei Gewitter einfach nicht.«

Enttäuscht ließ ihr Mann von ihr ab, das heißt, ganz loslassen konnte er sie nicht, da sie sich immer noch an ihn klammerte, doch das seit Tagen geplante Vorhaben ließ sich so nicht durchführen.

So lag er denn neben ihr und fühlte sich nicht Fisch noch Fleisch, und während sie vor lauter Angst kein Auge zudrückte, schloss er vor Ärger keines. Sie hatten ein besonders hartnäckiges Gewitter erwischt, eines, wie es selbst in hohen Bergen nicht oft vorkommt, und erst in den frühen Morgenstunden beruhigte sich allmählich der Himmel.

Am Morgen der Abreise erschien, wie stets, die Vermieterin, um die Wohnung abzurechnen und sich zu verabschieden. Als sie die verschlafenen Augen ihrer Feriengäste bemerkte, meinte sie schelmisch:

»Wenn man euch so sieht, euch beide, dann könnte man glauben, ihr hättet die letzte Nacht zum Tage gemacht...«

System Methusalem

Als Simon Laublöffel den Brief von der Versicherungsanstalt öffnete, erstarrte er zur Salzsäule.

Er wollte und konnte es nicht glauben, was er da las. In schönstem Behördendeutsch teilte ihm die Versicherung mit, dass er aufgrund der allgemeinen demographischen Entwicklung im Lande mit der Auszahlung seiner ersten monatlichen Rentenzahlung laut beiliegendem Rentenbescheid nicht vor seinem ordnungsgemäß festgestellten und beurkundeten Tod zu rechnen hätte.

»Das kann doch nicht wahr sein«, stöhnte Simon, »da hat man quasi das ganze Leben lang gearbeitet und freut sich auf den Ruhestand, und da sagen die, dass man die Rente erst nach dem Tod erhält! Was sind das denn für Methoden?«

Erbost griff er zum Telefon und wählte die Nummer des Sachbearbeiters der Versicherung.

»Guten Tag« erklang eine männliche Stimme im imperativem Tonfall am anderen Ende der Leitung, »Sie sind verbunden mit der Allgemeinen Rentenversicherungsanstalt, mein Name ist Olaf Lahnemann. Nennen Sie mir bitte Alter, Geschlecht und Versichertennummer, in dieser Reihenfolge.«

Simon zeigte sich nicht wenig verblüfft, aber er gehorchte.

»Also, Herr Laublöffel«, klang es nach einigen Sekunden erneut, »Sie sind's. Ich habe hier Ihre Daten vor mir. Was kann ich für Sie tun?«

»Ja, Herr Lahnemann, ich bin ganz außer mir«, antwortete Simon Laublöffel, »ich habe soeben meinen Rentenbescheid mit einem Begleitschreiben erhalten, da steht ja etwas Entsetzliches drin!«

»Etwas Entsetzliches? Ich verstehe Sie nicht. Was steht denn da drin?«

»Na, ja, dass ich meine Rente erst nach meinem Tod erhalte.«

»Ach so, das meinen Sie. Das ist doch nicht entsetzlich, Herr Laublöffel. So einen Brief haben unzählige Versicherte in den letzten Tagen erhalten.«

»Wie bitte?«

»Nun ja, Herr Laublöffel, das verhält sich so. Nachdem in der letzten Zeit immer wieder Versuche gestartet wurden, seitens unserer Regierung aber auch seitens einer Unmenge von sogenannten Spezialisten, durch immer weiter nach hinten geschobene Renteneintrittsaltersdaten dem demographischen Wandel gerecht zu werden, haben wir Rentenversicherer uns zusammengesetzt und gesagt: Schluss mit dem Unsinn, wir verunsichern die Menschen ja immer mehr, dabei ist es doch unsere Aufgabe, sie zu versichern statt zu verunsichern, nicht wahr, hahaha. Kleiner Scherz meinerseits. Sind Sie noch dran?«

»Ich höre, Herr Lahnemann.«

»Das ist gut. Doch im Ernst, so konnte es ja nicht weitergehen, mit dem ständig verlängerten Renteneintrittsalter, der letzte Stand war, wenn ich mich recht erinnere, bei einhundertzehn Jahren. Aus diesem Grunde haben wir unseren fähigsten Mathematiker beauftragt, einmal eine *Gegenrechnung* aufzustellen.«

»Eine Gegenrechnung? Wie meinen Sie das?«

»Nun ja, wir haben uns gedacht, statt weiterhin das Renteneintrittsalter linear zu erhöhen, dieses Eintrittsalter *individuell* zu gestalten.«

»Individuell zu gestalten?« freute sich Simon, »heißt das, ich kann selbst auswählen, wann ich in Rente gehe?«

»Im Prinzip ja, Herr Laublöffel, doch mit dem Selbstauswählen, das ist so eine Sache. Sie können praktisch sofort in

Rente gehe, wenn Sie, na, ja, den *hinteren Teil Ihres Nachnamens* abgegeben haben; kleiner Scherz meinerseits.«

»Den hinteren Teil meines Nachnamens? Über so einen Scherz kann ich nicht lachen.«

»Entschuldigen Sie, Herr Laublöffel, ich wollte damit nur sagen, dass Sie, salopp ausgedrückt, sofort in Rente gehen können, wenn Sie Ihren *Löffel* abgegeben haben. Wenn es sein muss, noch am gleichen Tage. Sagen Sie selbst, individueller geht's wirklich nicht.«

»Aber was habe ich denn dann noch von meiner Rente«, begehrte Simon Laublöffel auf, »wenn ich gestorben bin?«

»Diese Frage, lieber Herr Laublöffel, ist durchaus berechtigt, und wir haben uns damit hinreichend beschäftigt, und nach reiflicher Überlegung kamen wir zu dem Schluss, dass diese Frage *falsch gestellt* ist und man sie so auch nicht beantworten soll. Die Frage muss nicht lauten, was habe ich von meiner Rente, wenn ich gestorben bin, sondern *was brauche ich eigentlich noch, wenn ich tot bin*? Und ehrlich gesagt, die Antwort fiel uns relativ leicht, denn, seien wir mal ehrlich, brauche ich denn dann überhaupt noch was? Sie müssen die ganze Angelegenheit von dieser Perspektive aus betrachten, dann haben Sie die Lösung. Eine Lösung, zu der unser glorreicher Mathematiker auch erst nach Wochen intensivsten Brainstormings gelangt ist, wir nennen sie das *System Methusalem*.«

»Das System Methusalem?«

»Exakt! Die Menschen können alt werden, wie Methusalem, doch sie kriegen keine Rente, zumindest zu Lebzeiten nicht.«

Simon Laublöffel wurde nachdenklich.

»Von dieser Seite habe ich die Sache, ehrlich gesagt, noch nicht betrachtet. Grundsätzlich ist das sicher keine schlechte Idee.«

»Keine schlechte Idee? Na, hören sie mal, das ist die Idee des Jahrhunderts, unser Mathematiker erhält dafür in Kürze den Nobelpreis für Ökonomie.«

»Donnerwetter! Eine Frage hätte ich da noch, so ganz pragmatisch, zum Procedere des Ganzen.«

»Bitte.«

»Wie läuft denn der Eintritt in die Rente bei Ihrem System ab?«

»Nichts einfacher als das, guter Mann. Sobald Sie verstorben sind, kommen Sie zu uns und füllen das erforderliche Formular aus. Sie können das ruhig sofort machen, Sie brauchen nicht bis zu Ihrer Beerdigung zu warten. Im Gegenteil, kommen Sie lieber vorher, denn wie man aus Erfahrung weiß, ist man bei der eigenen Beerdigung zu sehr abgelenkt und hat den Kopf nicht frei. Kommen Sie aber bitte in gedeckter Kleidung, dem Anlass entsprechend.«

»Ich bedanke mich für die freundliche Auskunft, Herr Lahnemann, eine letzte Frage hätte ich aber noch.«

»Fragen Sie, mein Lieber, fragen Sie.«

»Gesetzt den Fall, ich werde sehr alt. Was soll ich eigentlich so lange machen, bis zu meinem Renteneintritt?«

»Na, arbeiten, mein Bester, was sonst. Arbeit hat wirklich noch keinem geschadet.«

Die Bierflüsterer

Sie trafen sich *nicht* täglich in der Konditorei, wie es einst ein niemals ergrauender Pianobarde sang, nein, sie trafen sich in der Regel nur einmal in der Woche, am Freitag in den Abendstunden, und es war der gemeinsame Gedanke, das gemeinsame Schicksal und die gemeinsame Leidenschaft, die sie zu diesen Zusammenkünften trieben. Alle drei im besten Mannesalter, wie man zu sagen pflegt, hatten sie alle drei seinerzeit sehr früh - zu früh? - geheiratet und hierbei hatte ein jeder von ihnen die ›Richtige‹ getroffen.

Wohlmeinende Zungen interpretierten es so, dass ihnen nichts Besseres passieren konnte, während übel denkende Zyniker behaupteten, dass sie nichts Besseres verdient hätten.

In der Tat waren alle drei, Otto, Karl und Robert ein wenig ›*brutal verheiratet*‹, um es vorsichtig zu formulieren, oder eher geheiratet worden und hierbei in die Hände von Xanthippeähnlichen Wesen, herrschsüchtigen Weibsbildern, geraten, die ihnen das Leben daheim von Anbeginn zur Hölle machten.

Doch was tut ein Mann in einem solch bemitleidenswerten Fall? Er macht Karriere, außer Haus, da wo sein Wort noch etwas gilt, im Beruf, und so hatten Otto, Karl und Robert begonnen, die Karriereleiter aufzusteigen, Treppchen für Treppchen, Jahr für Jahr, und ein jeder von ihnen nannte sich nun schon Abteilungsleiter, was immer das für sie auch bedeutete.

Sie nahmen diesen Weg des Aufstiegs nicht in rüder lautstarker Ellenbogenmanier, wie man es von zahlreichen beruflichen Aufsteigern her kannte, sondern zuvorkommend, sachlich, eher im Flüsterton, einem Ton, den sie sich im Laufe ihrer langjährigen Ehegemeinschaften angewöhnt hatten.

In dieser leisen Tonart dirigierte ein jeder auf seine Weise die ihm unterstellten Mitarbeiter, und niemals fiel hierbei ein lautes Wort, denn ein solches waren sie zur Genüge gewöhnt, von Haus aus.

Am meisten aber freuten sie sich auf den Freitagabend, auf das gemeinsame Treffen in ihrer Stammkneipe, die einzige Freiheit, die sie sich daheim ausbedungen hatten, wenn auch unter Tränen.

In der Kneipe hatten sie einen kleinen Raum für sich, und bei diesen wöchentlichen Begegnungen wurde es ebenfalls niemals laut; hier tauschten sie mit leiser Stimme ihre Erfahrungen aus, positive wie auch leidvolle, wobei es zuweilen auch geschehen konnte, dass der eine oder andere von ihnen eine Zeitlang schweigend vor seinem Bierglas saß und still in sein Lieblingsgetränk hineinweinte.

Beim Wirt und bei den anderen Gästen waren sie aufgrund dieser fast lautlosen Zusammenkünfte bekannt und wurden von allen ›die Bierflüsterer‹ genannt, aber wenn auch manch einer der Thekenmachos sich manchmal geringschätzig über die drei äußerte, so wurden sie doch im Allgemeinen von den männlichen Zeitgenossen eher wegen ihres harten Loses bedauert und ob der Standhaftigkeit, mit der sie dieses ertrugen, wiederum bewundert.

Die *Bierflüsterer* jedoch machten sich nichts aus den Meinungen ihrer Geschlechtsgenossen; sie ertrugen diese mit Gleichmut, und im Verlaufe des Abends gelang es ihnen immer wieder durch steigenden Alkoholgenuss ihr bitteres Schicksal ins Gegenteil umzuwandeln und darüber hinaus ihre Gemahlinnen zu Engeln mutieren zu lassen; eine Sichtweise, die ein jeder von ihnen allerdings spätestens auf dem Heimweg an der Haustür wieder korrigieren musste.

An einem dieser Abende, nach einer für alle drei gleichermaßen stressig verbrachten Woche, sowohl am Arbeitsplatz wie auch daheim, hatte einer von ihnen die Idee, das gemeinsame Beisammensein durch eine außergewöhnliche Maßnahme zu bereichern.

Er schlug vor, eine Kontaktaufnahme mit dem Jenseits herbeizuführen, mit Hilfe eines Verfahrens, welches besonders bei leichtgläubigen Menschen und Politikern aller Couleur sehr verbreitet ist: durch gemeinsames Tischrücken.

Dieser Vorschlag fand sofort Anklang bei den gebeutelten *Flüsterern*, und obwohl ein jeder von ihnen betonte, dass er keinesfalls an diesen Humbug glaube, waren alle drei doch insgeheim bereit, auf eine jenseitige Stimme zu setzen, die ihnen eventuell einen Ausweg aus der häuslichen Knechtschaft weisen konnte.

Gesagt, getan.

Die Tür zum angrenzenden Schankraum wurde geschlossen, der Wirt zuvor verständigt, dass er sie nicht bei der spiritistischen Sitzung stören möge und der kleine Raum selbst verdunkelt.

Alsbald schritten sie zur Tat, rüttelten am Tisch und versuchten flüsternd mit dem Jenseits in Verbindung zu treten.

Dieses ließ in der Tat nicht lange auf sich warten; es meldete sich mit einer grauenhaften weiblichen Stimme und stellte sich als Xanthippe, Ehefrau und Peinigerin des großen Philosophen Sokrates vor.

Sodann richtete sich das Weib des Atheners unmittelbar an die Teilnehmer der Runde:

»Ich kenne euer Schicksal, Männer, und einem jeden von euch wiederum ist das harte Los meines Gemahls bekannt, welches dem euren nicht unähnlich war.

Allerdings muss ich euch von einem großen Irrtum befreien, einem Irrtum, dem bis zum heutigen Tage die gesamte Menschheit verfallen ist. Nicht ich war es seinerzeit, die Sokrates zu seinem Schicksal zwang, sondern er selbst, er ganz allein, freiwillig und ohne Klage, weil er hoffte, auf diesem Wege und nur auf diesem Wege, durch ein Leben an *meiner Seite*, den Schlüssel zur absoluten Weisheit zu finden, was ihm ja auch weitgehend gelungen ist.«

Den drei *Bierflüsterern* verschlug es glatt die Sprache. Eine solche Definition, eine derartige Glorifizierung der Ehe des Sokrates hatten sie noch nie vernommen, und sie begannen, die Begleitumstände ihrer eigenen häuslichen Gemeinschaften in einem völlig neuen Licht zu sehen. Xanthippe aber setzte ihre Ansprache fort:

»Wie ihr also seht, Männer, ist Sokrates nur auf diesem alleinigen Weg zu dem geworden, der er war und auch heute noch ist; der größte Philosoph aller Zeiten. Ich aber frage euch nun, wollt ihr den gleichen Weg gehen, wie einst mein Sokrates, einen Weg, den ihr ja bereits eingeschlagen habt und auf dem ihr bereits ein gutes Stück vorangeschritten seid, oder wollt ihr beschämt umkehren, zurück in die Finsternis?«

Das wollten sie keineswegs, Otto, Karl und Robert.

Sie bedankten sich überschwänglich bei der Frau des Sokrates, nannten sie die *große* Xanthippe und priesen sich glücklich über eine Fügung, die es ihnen erlaubte, den gleichen Weg zu beschreiten wie einst vor ihnen der große Athener Philosoph es getan hatte.

The fools on the hill

Während der Wagen seine Fahrt verlangsamte und schließlich am Straßenrand hielt, kurbelte die junge Frau auf dem Beifahrersitz, eigentlich noch ein Fräulein, die Scheibe herunter.

»Können Sie uns sagen, wo sich der Verkehrsübungsplatz befindet? Nach unserer Vermutung müsste der hier ganz in der Nähe sein«, rief der Fahrer durch das geöffnete Autofenster den beiden Passanten, zwei ebenfalls jungen Damen, zu.

Die beiden Mädchen blickten Fahrer und Beifahrerin mit vielsagendem Lächeln an, offenkundig hatten sie Ziel und Zweck dieser Fahrt nicht nur verstanden, sondern auch schon aus eigener Erfahrung kennen gelernt.

»Sie sind schon auf dem richtigen Weg; immer gerade aus«, erklärte eine der Beiden, »fahren Sie bis zum Ende der Straße, dann rechts, danach können Sie den Platz nicht mehr verfehlen, außerdem ist er gut beschildert.«

Fahrer und Beifahrerin bedankten sich für die Auskunft, und das Auto setzte sich wieder in Bewegung, in die angegebene Richtung.

»Papa«, fragte die Frau, während sie das Fenster wieder hochkurbelte, »warum hast du denn nach einem Verkehrsübungsplatz gefragt? Vorher hast du immer von einem Idiotenhügel gesprochen.«

»Na, ja«, rang der Vater nach einer Erklärung, »Idiotenhügel, das sagt man so, das ist der volkstümliche Ausdruck dafür. In richtigem Deutsch heißt dieser Platz aber Verkehrsübungsplatz. Außerdem, wir können doch nicht wildfremde Menschen nach einem Idiotenhügel fragen, was sollen die denn von uns denken?«

»Dass wir Idioten sind«, schlussfolgerte die Tochter schmunzelnd, »aber mal im Ernst, Papa, warum heißt der denn so, der Platz, im Volksmund? Wie ist man denn auf eine solche Bezeichnung gekommen?«

Nun musste auch der Vater schmunzeln.

»Darüber habe ich noch gar nicht nachgedacht. Vielleicht bezeichnet man alle Leute, die noch keinen Führerschein haben und daher auf diesem Platz üben, als Idioten, wobei man sie nicht als normale Idioten, sondern nur als solche im Straßenverkehr ansieht.«

»Was sind denn für dich normale Idioten, Papa«, fragte die Tochter, die noch keine Fahrerlaubnis besaß und aus eben diesem Grund mit ihrem Vater auf dem Weg zu diesem Idiotenhügel war.

Der Vater, der seinen Führerschein schon zu einer Zeit erworben hatte, als noch kein Auto auf den Straßen zu sehen war, wie er scherzhaft betonte, konnte sich ein Lachen nicht verkneifen, war er doch soeben von seiner Tochter eines glatten Widerspruchs überführt worden.

»Nun gut, du hast ja Recht, Kind. Normale Idioten, das ist eigentlich Nonsens. Entweder ist einer normal oder er ist ein Idiot, doch je mehr ich darüber nachdenke; sagte nicht einst der gute alte Shakespeare, dass es Dinge zwischen Himmel und Erde gäbe, für die man keine Erklärung habe? Ich will damit sagen, dass es vielleicht Zwischenzustände gibt...«

Bevor er jedoch seine philosophischen Ausschweifungen über Idioten oder Nichtidioten im Sinne von Sein oder Nichtsein Shakespearescher Deutung zu Ende führen konnte, waren sie am Ziel ihrer Fahrt, an dem besagten Verkehrsübungsplatz, angelangt.

Dieser sogenannte Platz stellte sich als eine komplette Simulation echten Straßenverkehrs heraus, nur in bescheidenerer Größe.

Es bestand aus einem mit echten Verkehrszeichen ausgestattetem Straßensystem aus Längsstrecken, Kurven, und kleineren Buchten zum Ein- und Ausparken, daneben gab es auch den eigentlichen Platz, eine größere unbefestigte Fläche, auf welchem die Anfänger unter Anleitung eines *richtigen Fahrers*, der im Besitz einer Fahrerlaubnis sein musste, als ersten Schritt Anfahren und Bremsen erlernen konnten, bevor sie sich auf den Parcours, das Ministraßennetz, wagten.

Die eigentliche Krönung der Anlage jedoch stellte eine kleine Erhebung mitten in der Verkehrsfläche, ein kleiner Hügel, dar, der dazu diente, dem Lernenden das Üben des Anfahren auf einer Steigung zu ermöglichen.

»Da gibt es ja tatsächlich einen Hügel«, staunte die Tochter.

Beide mussten lachen.

Nachdem der Vater die erste Übungsstunde angemeldet und die Gebühr dafür entrichtet hatte, konnte es losgehen.

Er steuerte den Wagen auf den großen Platz, sodann wechselten sie die Plätze, und mit Engelsgeduld erklärte der Vater seiner Tochter die ersten Schritte auf dem Weg zum Erwerb der Fahrerlaubnis.

Als sich die Stunde dem Ende zuneigte und er feststellte, dass seine Tochter relativ gute Fortschritte gemacht hatte, - naja, nicht umsonst war sie schließlich seine Tochter — juckte es dem Mädchen in den Fingern.

»Soll ich mal, Papa?«

»Auf den Parcours? Na gut, aber ganz langsam und vorsichtig!«

In leicht ruckender Fahrweise bogen sie in das kleine Straßennetz ein. Um diese Zeit herrschte einigermaßen Ruhe, nur wenige Fahrzeuge befanden sich auf den verschiedenen Straßen. Beim näheren Hinsehen bzw. langsamen Durchfahren bemerkten Vater und Tochter, dass dieses gesamte Netz als Einbahnstraßensystem ausgerichtet war; alle Autos bewegten sich in ein und dieselbe Richtung, sodass ein Gegenverkehr ausgeschlossen war.

Nachdem sie die erste Runde hinter sich gebracht hatten, bat die Tochter, noch eine weitere, für diesen Tag aber endgültig letzte fahren zu dürfen.

Mit leicht mulmigem Gefühl willigte der Vater ein, denn ganz wohl war ihm nicht dabei, gleich am ersten Tag, zumal er auch nicht, wie ein richtiger Fahrschullehrer, über ein zweites Bremssystem für den Notfall verfügte.

Der Wagen nahm die zweite Runde, und irgendwie hatte es die Tochter fertiggebracht, indem sie eher abgebogen war, den Parcours in anderer Weise als beim ersten Mal zu durchqueren.

Sie befanden sich zwar immer noch in der richtigen Einbahnstraßenrichtung, näherten sich jedoch langsam der Stelle mit der Steigung, dem kleinen Anfahrhügel.

Auf der Spitze dieses Hügels stand bereits ein anderes Auto, das im Begriff war, weiterzufahren.

Im gleichen Moment, in dem die Tochter auf Geheiß des Vaters versuchte, langsam die Steigung hochzufahren, rollte das vordere Fahrzeug ein wenig zurück; unmittelbar darauf gab es einen kurzen lauten Knall. Geistesgegenwärtig zog der Vater die Handbremse und stürzte sodann mit zornesrotem Kopf aus dem Wagen. Das Gleiche tat der Mann auf dem Beifahrersitz des vorderen Wagens, ebenfalls ein Vater, der seiner Tochter die ersten Geh - respektive Fahrversuche beizubringen versuchte; drohend bewegten sich die Männer aufeinander zu.

»Sie Vollidiot! Können Sie nicht bremsen!«

»Sie sind der Idiot. Warum sind Sie denn zurückgerollt?«

Die beiden Töchter waren ebenfalls ausgestiegen und standen nun wie versteinert an ihren Autos, Weinkrämpfen nah, während sich ihre Väter vor den Augen der anderen Übungsteilnehmer, die ihre Fahrzeuge rechtzeitig hatten anhalten können, kampfbereit auf dem Hügel gegenüberstanden und sich anbrüllten, wobei sie dem volkstümlichen Namen des Hügels alle Ehre machten.

Irgendwie gelang es jedoch unter Mithilfe besonnener Personen, die beiden Kampfhähne zu überreden, ihre Versicherungen auszutauschen und von weiteren Verbalinjurien Abstand zu nehmen.

Zum Glück waren an beiden Fahrzeugen nur kleinere Schäden entstanden, die es den Männern erlaubten, vorerst einmal mit ihren total verschüchterten Töchtern nach Hause zu fahren.

Daheim angekommen, erklärte der Vater seiner Tochter mit grimmiger Miene, sie ab sofort in einer richtigen Fahrschule anzumelden und von weiteren Fahrten zum Hügel Abstand zu nehmen. Gesagt, getan. Der entnervte Vater meldete die Tochter, wie er es versprochen hatte, umgehend in einer *richtigen Fahrschule* an.

Diese Absicht hatte er zuvor zwar auch gehabt, aber nicht so unmittelbar; zuvor hätte er gern, nicht zuletzt auch, um einige dieser sündhaft teuren Fahrstunden, wie er glaubte, einsparen zu können, mit seiner Tochter noch die eine oder andere Runde auf dem Verkehrsübungsplatz gedreht.

Nun aber musste er zerknirscht einsehen, dass der Schaden an seinem Fahrzeug ihn fast teurer kam als eine komplette Fahrschulausbildung. Der gleichen Meinung war auch der Fahrlehrer der jungen Dame, als er von deren Missgeschick hörte, und er fügte sogleich eine etwas eigenwillige Interpretation des Ausdrucks Idiotenhügel hinzu.

»Ich will ja niemandem zu nahe treten, aber diese Anlage nennt man so, weil ein jeder Idiot, der im Besitz einer Fahrerlaubnis ist, dem Irrglauben verfällt, dort Fahrschule spielen zu müssen. Das haben die nun davon.«

Die Tochter konnte sich trotz der brenzligen Situation auf dem Hügel, bei der ihr Vater nah daran war, noch Schlimmeres zu erleiden – sie hatte ihn schon verletzt im

Krankenhaus gesehen – ein Lachen nicht verkneifen, aber sie hütete sich wohlweislich, die Meinung ihres Fahrlehrers zuhause weiterzugeben.

Stolz präsentierte sich die Tochter nach bestandener Prüfung mit dem neuen Führerschein.

»Ich habe ihn!«

Der Vater öffnete eine Flasche Sekt, goss sich und seiner Frau ein großes, der Tochter ein kleines Glas ein, um das freudige Ereignis zu feiern.

Vergessen war der Ärger um den kleinen Unfall auf dem Hügel, längst schon war das Auto wieder repariert worden und harrte nun in der Garage auf die Urlaubsfahrt in den sonnigen Süden, die für den nächsten Tag anstand.

Sehr früh am Morgen ging es dann auch los, und die Fahrt oder zumindest ein Teil davon bildete gleichzeitig die Jungfernfahrt für die Tochter, die unter den gestrengen Augen des Vaters eine kleine Strecke absolvieren durfte.

Am späten Nachmittag schließlich erreichten sie ihr Ziel, ein kleines Hotel an der italienischen Adria, welches sie schon seit Jahren in den Sommerferien aufsuchten.

Als der Vater den Wagen vor dem Haus einparken wollte, traute er seinen Augen nicht. Auf dem kleinen Parkplatz stand ein Auto mit deutschem Nummernschild, welches Vater und Tochter sogleich als das gegnerische Fahrzeug vom Hügel wiedererkannten.

»Auch das noch!« stöhnten beide unisono.

»Was habt ihr denn?« wunderte sich die Mutter. Schnell wurde sie aufgeklärt.

»Ich gehe da nicht rein«, schnaubte der Vater, »wenn ich den Kerl wiedersehe, kann ich für nichts garantieren«.

»Ich gehe da auch nicht rein«, ließ sich die Tochter vernehmen, »ich schäme mich so. Lasst uns umkehren«.

»Ja, seid ihr denn verrückt geworden?« schrie die Mutter außer sich, »meint ihr, wir fahren tausend Kilometer, um wieder umzukehren?«

Diesem Argument konnten sie sich nicht verschließen, Vater und Tochter, wenn es auch schwer fiel.

Mit lautem südländischem Hallo wurden sie im Hotel willkommen geheißen, und sofort nach Erledigung der Formalitäten suchten sie ihre Zimmer auf. Als sie etwas später zum Abendessen den Speiseraum betraten, tat die Mutter einen freudigen Schrei.

»Du hier, Karla? Das ist aber eine Überraschung. Darf ich dir meinen Mann und meine Tochter vorstellen? Mein Gott, ich kann es gar nicht glauben!«

Das konnten ihr Mann und ihre Tochter auch nicht, als sie hinter Karla einen Mann im mittleren Alter und eine junge Dame wahrnahmen...

Während das Wiedersehen der Mutter mit ihrer Freundin Karla von reinster Freude geprägt war, konnte man ein solches von den Mädchen und ihren Erzeugern nicht gerade behaupten.

Mit hochroten Köpfen gaben sich die vier die Hand, wobei die beiden Idioten vom Hügel es vermieden, sich direkt anzusehen.

Schnell erfassten die beiden Freundinnen, dass zwischen ihren Familienmitgliedern etwas nicht stimmte, und schnell wurden sie von ihren Männern aufgeklärt, mit zerknirschten Mienen. Während sich die Mütter halbtot lachten und spontan beschlossen, dieses Wiedersehen nach dem Abendessen gemeinsam und ausgiebig zu feiern, bahnten sich zwischen den Mädchen erste zaghafte Versuche einer Annäherung heran.

Auch die Väter, die sich später im Cafe zuerst mit äußerst unbehaglichen Gesichtsausdrücken gegenübersaßen, lockerten diese nach der dritten Flasche Wein. Als man am späten Abend schließlich gemeinsam den Weg zum Hotel einschlug, hatten sich alle sechs eingehakt und man war lange schon beim trauten Du angelangt.

Am nächsten Morgen traf man sich am Strand, und die Männer bauten gemeinsam eine Burg auf einem Sandhügel, auf die sie eine weiße Fahne hissten.

Ob das wohl der Beginn einer lang anhaltenden Freundschaft war?

Ein unbefriedigender Zustand

Mit traurigen Augen schaute Julius Hagenbart aus dem Fenster.

»Jetzt habe ich aber die Nase voll«, sagte Julius mit weinerlicher Stimme, »ich gehe raus.«

»Aber Vater, das kannst du doch nicht machen, nun warte doch noch«, erwiderte Anne, seine Schwiegertochter, »du holst dir garantiert eine dicke Erkältung, in dem dünnen Hemd.«

»Aber ich warte doch schon so lange.«

Julius Hagenbart war vor einiger Zeit verstorben, im fünfundneunzigsten Lebensjahr, und seitdem harrte er aus auf die ihm rechtlich zustehende Beerdigung.

Täglich saß er am Fenster, im ordnungsgemäßen Outfit für den letzten Gang, und blickte voller Wehmut zum nahegelegenen Friedhof hinüber.

Julius war nicht der einzige, den diese Sorge drückte, mit ihm waren es nun fast hundert Personen beiderlei Geschlechts, die ungeduldig darauf warteten, unter die Erde zu kommen, einige von ihnen sogar schon seit Monaten.

Einige Monate nämlich war es schon her, dass Friedhelm Meierskötter, der einundvierzigjährige Bürgermeister der kleinen Ortschaft, diese recht merkwürdige Verfügung erlassen hatte: eine vorläufige Sterbe- und Bestattungssperrfrist, da, wie er sich ausdrückte, der einzige Friedhof des Ortes rappelvoll sei und erst einmal Ersatzflächen geschaffen werden müssten.

Doch mit dieser Verfügung lag er ein wenig daneben, der gute Bürgermeister, denn seine Bürger, vornehmlich die Betagten unter ihnen, hielten sich nun mal nicht daran.

Sie ignorierten einfach den ersten Teil der Frist und starben, wie gewohnt.

Gegen die Bestattungssperrfrist konnten sie allerdings nichts ausrichten und blieben daher aus Protest erst einmal zu Hause. Mit ihnen protestierten ihre Angehörigen, sei es, weil sie Mitleid mit ihren lieben Verstorbenen hatten, die nicht zur Ruhe kamen, oder sei es auch nur, weil sie diese schnellst möglichst aus dem Haus haben wollten. Darüber hinaus protestierten noch die gewerblichen Bestatter des Ortes, aus recht naheliegenden Gründen.

Während der Bürgermeister in fieberhafter Eile weitere Felder neben dem Friedhof ausheben ließ, formierte sich einige Wochen nach der allgemeinen Sperrfrist ein gewaltiger Protestzug aus Lebenden, Verstorbenen und solchen, die an den letzteren verdienen, und dieser Zug nahm direkten Kurs aufs Rathaus.

Als der Bürgermeister von weitem die vielen Menschen erblickte, nahm seine Gesichtsfarbe eine derartige Blässe an, dass er unter den verblichenen Protestlern gar nicht aufgefallen wäre. Ratsuchend wandte er sich an die Mitglieder des Stadtrates, und die rieten ihm unisono, sich der Menschenmasse auf dem Balkon zu präsentieren, anderes bliebe ihm ja wohl nichts übrig.

»Aber was soll ich denen denn sagen?« stammelte er.

»Halt sie hin, mindestens noch drei Wochen.«

»Aber wie soll ich das denn machen? Das reicht doch nicht, bis dahin sind die Felder noch längst nicht fertig.«

»Versprich ihnen Steuererleichterung.«

»Steuererleichterung? Aber da haben die Toten doch nichts mehr von!«

»Die nicht, aber die Hinterbliebenen.«

Derart mit guten ›Ratschlägen‹ seiner ›Berater‹ ausgestattet, zeigte sich der Bürgermeister auf dem Rathausbalkon, mit schlotternden Knien.

Als die herannahende Menschenmenge ihn dort gewahr wurde, hagelte es wütende Protestrufe.

»Wir wollen heimgehen«, schrieen die Dahingeschiedenen, »auf, in die Gräber!«

»Sie wollen heimgehen«, unterstützen sie die Angehörigen, »lass sie endlich ihren letzten Gang antreten!«

»Und wer denkt an uns?« beschwerten sich die Bestatter, »wenn das so weiter geht, bringt uns das ins Grab.«

»Ins Grab«, empörten sich die Ersteren, »da seid *ihr* noch lange nicht dran!«

Gequält blickte der erste Bürger der Stadt hinunter auf die Schar der Unduldsamen, während sich seine Räte hinter den Gardinen versteckten und wohlweislich mit weiteren Ratschlägen zurückhielten.

»Was soll ich denn machen«, rief er verzweifelt den Menschen zu, »die neuen Felder sind noch nicht fertig.«

»Lass schneller arbeiten«, antworteten alle im Chor, »im Dreischichtbetrieb, rund um die Uhr.«

»Das tun wir ja schon.«

»Das reicht aber nicht. Denk dran, Bürgermeister, wir sind das Volk, der Souverän, der dich abwählen kann.«

In höchster Not kam dem ersten Bürger ein rettender Gedanke.

»Verehrte Mitbürger, hören Sie zu, ich mache Ihnen einen Vorschlag. Ich biete jedem von Ihnen, der ein wenig wartet und sich später bestatten lässt, eine Prämie. Eine Prämie von sagen wir zehn Euro pro Tag. Zehn Euro täglich bis zur endgültigen Beerdigung, allerdings unter der Voraussetzung, dass ihr noch ein Weilchen wartet. Ist das ein Wort?«

Die Reaktion der ›verehrten Mitbürger‹ fiel sehr unterschiedlich aus.

Den Verstorbenen missfiel der Vorschlag sehr, da sie nichts davon hatten, weil sie dieses Geld sowieso nicht mehr ausgeben konnten.

Erfreut zeigten sich hingegen die Angehörigen über den zu erwartenden Geldsegen, auch wenn sie dafür ihre ›lieben Verstorbenen‹ noch ein Weilchen beherbergen durften.

Absolut nicht erfreut aber waren die Bestatter, da sie von dieser Lösung rein gar nicht profitierten, sondern eher mit Einbußen zu rechnen hatten, solange die Toten erst einmal zu Hause blieben.

Eine lebhafte Diskussion setzte ein, unter den Protestlern, unzählige Male wurde das Für und Wider des ungewöhnlichen Vorschlags hin und her gewendet.

Der Bürgermeister aber verließ erleichtert den Balkon, hatte er doch vorerst einmal seine Haut gerettet.

Eine Weile verharrte die Menschenmenge noch vor dem Rathaus, dann aber löste sie sich auf und die Leute machten sich total zerstritten auf den Weg.

Die Angehörigen der Toten eilten leichtfüßig, mit schnellen Schritten, nach Haus, um dem Bürgermeister auf direktem Wege ihre Kontonummern zukommen zu lassen, für die Prämienraten.

Die ›lieben Verstorbenen‹ aber schlichen traurig hinterher, wobei sie verstohlen wehmütige Blicke über die nahe Friedhofsmauer warfen.

Die Verlierer des Tages aber, die gewerblichen Bestatter, suchten unverzüglich die nächsten Kneipen auf, um ihren Frust über ihre leerstehenden Institute herunterzuspülen.

Die Freude des Bürgermeisters aber hielt nicht lange an.

Bald waren zwar, wie versprochen, die zusätzlichen Friedhofsfelder fertig gestellt, doch nun werden sie nicht mehr gebraucht, weil die Angehörigen ihre Toten jetzt nicht mehr aus dem Haus lassen.

Auf der anderen Seite toben die Bestatter vor Wut und drohen der Stadtverwaltung, sie in Regress zu nehmen für die immensen Gewinnausfälle der letzten Zeit und über

kurz oder lang steuert die Stadt einem riesigen Schulden-
berg entgegen.

In der Tat, ein unbefriedigender Zustand, und es steht zu
befürchten, dass dieser noch länger anhält. Der Bürgermeister aber hat bei seinen vielen schlaflosen Nächten nur
noch einen einzigen Wunsch. Falls sich irgendeines schönen Tages die Situation doch noch zum Guten wenden
sollte, dann wird er sich sofort in Luft auflösen; diese Verfügung hat er bereits testamentarisch hinterlegt.

Die künstliche Jungfrau

Dr. Alfred Zeppenkamp, den Leiter der chirurgischen Privatklinik, befiel ein gewisses Unbehagen; vor ihm in seinem exklusiven Büro saß ein junger Mann, Mitte zwanzig, von dem der gute Doktor nicht so genau wusste, was er von ihm halten sollte. Der Mann hatte sich einen Termin geben lassen, in einer Angelegenheit, die zu dieser Zeit von vielen Zeitgenossen als delikat angesehen wurde und auch eher die holde Weiblichkeit statt die Vertreter des starken Geschlechts betraf.

Die Klinik von Dr. Zeppenkamp hatte sich, wie viele andere im Lande, seit kurzem auf eine recht außergewöhnliche Art von chirurgischen Eingriffen spezialisiert, der Wiederherstellung der Jungfräulichkeit bei Frauen, die diesen Status nicht mehr besaßen. Die weibliche Klientel für diese außergewöhnliche Maßnahme setzte sich sehr vielschichtig zusammen und machte, da diese Operationen bald an der Tagesordnung waren und immer preiswerter wurden, kaum vor einer sozialen Schranke halt.

Auf diese Weise wurden die Kliniken bald von Frauen unterschiedlichster Herkunft und Bildung, von der ungelernten Arbeiterin bis zur Universitätsprofessorin, heimgesucht. In der Mehrzahl aber waren es Ehefrauen und Mütter, die den Zenit der weiblichen Reife bereits überschritten hatten und auf die Wechseljahre zustrebten.

Namhafte Psychologen sahen hierfür die Ursache in der Tatsache, dass es für diese Frauen eine ganz besondere, prickelnde Abwechselung in der Alltagsehe bedeutete, sich in das Gefühl von ehemals zu versetzen, in eine Zeit, in der sie von ihren ersten Partnern regelrecht erobert wurden, im Bett.

In der Regel erschienen die Patientinnen jedoch *allein*, ohne männliche Begleitung, zu diesen Terminen, denn wenn auch eine große Anzahl von männlichen Partnern ebenso Gefallen an dieser Neuerung hatte und sich auf das rundum erneuerte Gefühl beim Sex freute, besaßen doch die wenigsten von ihnen den Mut dazu, dieses in der Öffentlichkeit zu zeigen und ihre Partnerinnen zu begleiten.

Umso erstaunter zeigte sich Dr. Zeppenkamp, dass ein Mann in einer solchen Angelegenheit um einen Termin gebeten hatte und dieser nun *allein*, ohne weibliche Begleitung, vor ihm saß.

›Was hat das zu bedeuten?‹ fragte er sich. ›Warum kommt der solo zu mir und nicht mit seiner Partnerin? Warum sitzt überhaupt ein so junger Mann vor mir, dessen Lebenspartnerin doch jetzt noch längst keine solche Operation braucht, um nostalgische Gefühle hervorzurufen? Oder ist er gar nicht in *eigener* Sache hier, im Interesse seines *eigenen* Sexuallebens?‹

Nervös fingerte Dr. Zeppenkamp an seiner Krawatte herum.

»Was kann ich für Sie tun, junger Mann?«, begann er schließlich. »Ich muss gestehen, ich bin ein wenig erstaunt, Sie hier bei mir zu sehen, will damit sagen, Sie allein hier zu sehen, ohne die Dame, um die es hier eigentlich gehen müsste, bei diesem Eingriff. Kommen Sie in eigener Angelegenheit, ähm, das heißt in einer, die Sie direkt oder indirekt betrifft?«

Es stellte sich heraus, dass der junge Mann nicht in einer ihn selbst betreffenden Angelegenheit vorsprach, sondern stellvertretend für eine dritte Person.

›Auch das noch!‹ dachte Dr. Zeppenkamp, sichtlich verwirrt.

»Sie sind nicht hergekommen, weil es *Sie* beziehungsweise *Ihre Partnerin* betrifft, sondern eine andere Dame? Eine Dame, mit der Sie nicht Ihr Sexualleben teilen, dessen Lebensglück Sie nicht unmittelbar berührt?«

»Oh, doch, Herr Doktor, das Lebensglück dieser Dame liegt mir schon am Herzen, so ist es nicht?«

Der Arzt verstand die Welt nicht mehr.

»Ihr Glück liegt Ihnen also doch am Herzen? Entschuldigen Sie meine Direktheit, aber, um was für eine Dame handelt es sich denn? Schlafen Sie mit ihr oder nicht? Ich muss das jetzt wissen? «

»Aber wo denken Sie denn hin, Herr Doktor«, empörte sich der Besucher, »ich schlafe doch nicht mit ihr!«

»Ja, verdammt noch mal«, geriet nun seinerseits der gute Arzt in Wallung, »weshalb sind Sie denn dann hier? Was wollen Sie von mir? Wissen Sie eigentlich, wo Sie hier sind, und was wir hier tun?«

»Das weiß ich sehr wohl, lieber Herr Doktor, Ihre Werbung in eigener Sache ist ja nicht zu übersehen«, ließ sich der Gefragte nicht aus der Ruhe bringen, »und deswegen bin ich ja auch gekommen. Ich handle im Auftrag.«

»Was?« fiel dem Chirurgen der Unterkiefer herunter, »Sie handeln im Auftrag? In wessen Auftrag denn, um Himmelswillen?«

»Im Auftrag meiner Verwandtschaft. Es handelt sich um ein Geburtstagsgeschenk, müssen Sie wissen.«

Nun verschlug es Dr. Zeppenkamp doch fast die Sprache.

»Ein Geburtstagsgeschenk, eine solche Operation; eine Wiederherstellung der Virginität, als Geburtstagsgeschenk? Das darf doch wohl nicht wahr sein!«

»Beruhigen Sie sich doch, Herr Doktor, ich werde es Ihnen erklären.«

»Ich bitte darum!«

»Ja, Herr Doktor, die Sache verhält sich folgendermaßen. Wir, das heißt meine Geschwister und ich, hatten vor kurzem Ihre Werbung in der Tageszeitung gesehen, und da kam uns die Idee, einer Verwandten von uns diese Operation zu schenken, in Form eines Gutscheines, um ihr damit eine Freude zu bereiten.«

»Wie bitte?« unterbrach der Arzt den jungen Mann, »gehe ich recht in der Annahme, dass Sie eine Verwandte überraschen und ihr diese Operation schenken wollen, zum Geburtstag? Ist Ihnen klar, wie makaber das klingt? Man verschenkt doch nicht so einfach mir nichts dir nichts eine Operation per Gutschein, und dann ausgerechnet noch so einen delikaten Eingriff. Und wenn die Gute mit dieser Überraschung gar nicht einverstanden ist, haben Sie schon einmal drüber nachgedacht?«

»Sie wird damit nicht nur einverstanden sein, sie wird sich riesig darüber freuen, das wissen wir schon.«

»Woher wollen Sie das denn so genau wissen, Sie haben Sie doch noch nicht gefragt.«

»Da sind wir ziemlich sicher, weil sie sich bereits dahingehend geäußert hat, nicht im Detail zwar, aber in diese Richtung.«

»Wie soll ich das verstehen, dahingehend geäußert? Und überhaupt, was ist das denn für eine Frau, ich meine, in welchem Verwandtschaftsverhältnis stehen Sie zu dieser merkwürdigen Dame?«

»Das ist keine merkwürdige Dame, es ist unsere Großmutter, müssen Sie wissen. Eigentlich ist sie sogar unsere Urgroßmutter, aber in der Familie nennen wir sie nur Grandma, doch das tut ja nichts zur Sache. Sie hat tatsächlich schon mehrere Andeutungen gemacht, selbst in letzter Zeit noch«.

»Ihre Urgroßmutter!« schrie der Chirurg und sprang von seinem Stuhl auf, »Ja, wie alt ist sie denn, diese Dame, und was sagt ihr Mann, Ihr Herr Urgroßvater, dazu?«

»Sie ist dreiundneunzig, und ihr Mann, unser Urgroßvater, sagt gar nichts dazu, denn er weilt schon seit einigen Jahren nicht mehr unter den Lebenden.«

»Er weilt nicht mehr unter den Lebenden«, flüsterte der Arzt, dessen Gesichtsfarbe eine merkwürdige Blässe angenommen hatte, »ja, wozu, zum Teufel, braucht dann diese Frau eine solche Operation? Hat sie etwa einen Liebhaber?«

»Das nicht, Herr Doktor, nein, im Gegenteil. Sie hat stattdessen mehr als einmal geäußert, dass sie liebend gerne, wenn einmal ihre Stunde geschlagen hat, ihrem Mann im Jenseits in genau demselben Zustand gegenüberträte, in dem er sie seinerzeit kennen gelernt hat, um anschließend noch einmal die Freuden von damals erneut zu erleben.«

»Erneut zu erleben?« brüllte der Arzt, der jede Fassung verloren hatte, »ja, wie will sie das denn anstellen, die gute Frau? Soweit ich informiert bin, gibt es da drüben keinen Sex!«

»Sind Sie da ganz sicher?« konterte der Urenkel.

Einen Augenblick sah es so aus, als wollte sich der Arzt auf den Besucher stürzen, um ihn erwürgen. Dann aber nahm er wieder Platz und legte sein Gesicht in nachdenkliche Falten.

›Ganz von der Hand zu weisen ist es ja schließlich nicht; ob es nicht doch…‹

Dr. Zeppenkamp war sich plötzlich nicht mehr ganz sicher, und so gab er schließlich seinen Segen zu diesem Eingriff.

Vom Autor ist bereits bei BoD erschienen:

Raniero Spahn
Bolero
Satirische Erzählungen

Von genervten Ehemännern beim Schlussverkauf über den Versuch, das verlorengegangene eigene Ich wiederzufinden, bis zu einer Lektion in modernster Tanzkunst beschreibt der Autor in den vorliegenden Erzählungen zahlreiche Aspekte des menschlichen Lebens, in denen sich jeder Leser mit Erstaunen wiederfindet.

ISBN: 3-8334-0045-5
www.raniero-spahn.de

Vom Autor ist bereits bei BoD erschienen:

Raniero Spahn

Es ist nicht gut, dass der Mensch *allein* sei

Satirische Erzählungen

Vom folgenschweren Besuch eines Friseursalons an einem oberitalienischen See über einen Langzeitversuch, ein Tasteninstrument zu stimmen, bis hin zu einer mehr als außergewöhnlichen Autofahrt eines verärgerten Ehemannes lässt der Autor den Leser verschiedenste Situationen durchleben, die nicht in jedem Fall von reinster Freude geprägt sind.

ISBN: 3-8334-1821-4
www.raniero-spahn.de